이 아무개 목사의

로마서 읽기

이 아무개 목사의
로마서 읽기

2002년 7월 10일 초판 1쇄 발행
2011년 7월 8일 중판 2쇄 발행

펴낸곳 (주)도서출판 삼인

지은이 이현주
펴낸이 신길순
부사장 홍승권
편집 김종진 오주훈 양경화
마케팅 이춘호
관리 심석택 한광영
총무 서장현

등록 1996.9.16. 제 10-1338호
주소 121-837 서울시 마포구 서교동 339-4 가나빌딩 4층
전화 (02) 322-1845
팩스 (02) 322-1846
전자우편 saminbooks@naver.com
홈페이지 www.saminbooks.com

표지디자인 (주)끄레어소시에이츠
제판 문형사
인쇄 대정인쇄
제책 성문제책

ISBN 89-91097-47-2 03810

값 9,000원

이 아무개 목사의

로마서 읽기

삼인

책을 내면서

성서는 우리를 '넓이' 보다 '깊이' 의 세계로 이끌어간다. 물론 '넓이' 의 세계를 배척하지는 않지만, 성서를 많이 아는 것과 깊이 아는 것은 엄연히 다르다. 성서에 대하여 많은 지식을 가지고 있다고 해서 반드시 그 사람이 성서의 가르침대로 살고 있다고 장담할 수 없는 까닭이 여기에 있다. 성서가 우리를 이끌어가려고 하는 곳은 지식의 창고가 아니라 진실된 삶의 현장이다. 성서를 읽는 사람은 이 사실을 잊지 말아야 한다.

세간에 난해한 서신으로 알려진 「로마서」를 내 실력껏 읽어보고 싶었다. 과연 그것이 그렇게 어려운 내용을 담고 있는지 알아보고 싶었다.

여행가들이 하는 말로서, 아는 만큼 보고 보는 만큼 안다는 말이 있다. 결국 내가 볼 수 있는 만큼밖에는 보지 못했겠지만, 그다지 어려울 것도 없다는 결론(?)에 이르렀다.

똑같은 사물을 전문가가 보는 것과 아마추어가 보는 것이 다를 수밖에 없지만, 때로는 아마추어가 좀더 본질에 가깝도록 볼 수 있는 것도 사실이다. 그 이유는 아마도 전문가일수록 그가 가지고 있는 전문 지식이 오히려 눈을 가릴 가능성이 있기 때문이리라.

부끄러운 얘기지만, 수년 전 어느 출판사에서 독일 성서학자의 『로마서 주석』을 번역하여 펴낸 일이 있었는데 그 서론 부분을 읽다가 끝내 읽지 못하고 포기한 적이 있었다. 번역 문장도 난삽했지만 그보다 우선 거기 사용된 단어들의 '개념'이 파악되지 않으니 글의 뜻을 알아낼 재간이 없었던 것이다.

성경을 깊이 있게 읽는다는 게 '학문적 까다로움'과는 아무 상관없다는 것이 나의 신조라면 신조다.

나와 함께 이 글을 읽어갈 독자들을 위해서 참 좋은 조언(助言)이 있기에 여기 소개한다. 토마스 아 켐피스라는 사람이 쓴 것으로 알려진 『그리스도를 본받아』 제1권 제5장의 내용이다.

"우리는 성경에서 아름다운 구절이 아니라 진리를 찾아야 합니다. 모든 거룩한 말씀은 그것을 기록하게 하신 성령의 도우심을 받아 읽어야 합니다. 그러므로 그 말씀 속에서 우리는 그럴 듯한 말거리를 찾을 게 아니라 우리의 영혼을 배불릴 양식을 찾아야 합니다. 우리는 단순하고 경건한 책들을, 고상하고 심오한 책들을 읽듯이 읽어야 합니다. 쓴 사람의 비중에, 그의 학식이 위대하든 보잘것없든 너무 좌우되지 말고 다만 순수한 진리를 사랑하는 마음으로 읽으십시오.

'누가 이것을 썼느냐?'를 따질 게 아니라 그보다는 무엇이 씌어져 있는가에 신경을 쓰십시오.

인생은 지나가고 말지만 주님의 말씀은 영원히 남습니다.

하나님은 우리에게 여러 가지 다른 방법으로 말씀하십니다.

그리고 그분은 사람을 차별해서 대하시는 분이 아닙니다. 그러나 우리는 호기심 때문에 성경 말씀을 제대로 읽지 못하는 경우가 자주 있습니다. 단순하게 받아들이거나 넘어가야 할 일들을 따지고 조사하려 하기 때문입니다. 참으로 무엇인가 얻으려거든, 겸손하고 단순한 마음으로, 그리고 믿음을 가지고 읽되 유식한 사람으로 드러나려는 생각은 품지 말아야 합니다. 마음껏 물으십시오. 그러고는 입을 다물고 성자들이 하는 말을 들으십시오."

이 훌륭한 조언은 우리에게 희망과 용기를 안겨준다.

성경에서 그럴 듯한 '지식'을 얻고자 아니하고 성령께서 가르쳐주시는 '진리'를 찾고자 할진대, 우리에게 필요한 것은 '학문적 까다로움'을 소화할 만한 지적(知的) 소양이 아니라 겸손하고 단순한 마음과 성령의 가르치심에 대한 믿음이라니 말이다.

우리의 유일하시며 가장 높으신 스승 예수께서도 이렇게 말씀하셨다.

"천지의 주재이신 아버지여 이것을 지혜롭고 슬기 있는 자들에게는 숨기시고 어린아이들에게는 나타내심을 감사하시나이다 옳소이다 이렇게 된 것이 아버지의 뜻이니이다."(「눅」 10 : 21)

아버지의 말씀 앞에서 우리가 요구받는 것은 지혜롭고 슬기 있는 자가 되라는 게 아니고 철부지 어린아이가 되라는 것이다. '가방끈'이 짧은 사람은 지혜롭고 슬기 있는 자가 되기 어렵다. 그러나 어린아이가 되는 건 사실상 누구에게나 가능하다. 모두에게 똑같이 쉬운 건 아니지만.

이 책은 「로마서」에 대한 학문적 주석이나 해설이 아니다. 오히려 「로마서」를 읽으면서 떠오르는 느낌이나 생각을 그대로 적은 것이라고 하면 솔직한 표현이 되겠다.

다만, 이 책의 독자들이 「로마서」를 통해 사도 바울과 그 시대 그리스도인들의 진솔한 신앙을 배워가는 데 조금이나마 보탬이 되기를 바랄 뿐이다.

성서 본문은 '개역성경' 을 쓰되, 필요에 따라서 '공동번역' 과 '한국천주교200주년기념신약성서' 를 인용하였다.

2002년 여름

계룡산 자락에서 이 아무개

머리글

겸손하고 단순한 마음으로

바울의 서신들 가운데서도 난해한 것으로 알려진 「로마서」를 평범한 독자의 눈으로 읽어보고 싶었다. 과연 그 내용이 소문처럼 어려운 것일까? 웬만한 신학적 훈련을 받지 않고서는 소화하기 힘든 내용인가?

나는 공부를 많이 못했다. 그래도 아는 건 알겠다 하고 모르는 건 모르겠다고 할 정도는 된다.

5년 가까이 잡지(『새가정』)에 연재하는 동안, 이 글을 쓰기 위해서 따로 공부하거나 준비하지는 않았다. 그러면서도 편하게 글을 쓸 수 있었던 것은 잘된 해설서를 내겠다는 마음이 없었기 때문이리라. 다만 한 가지, 연재할 때의 글 제목대로 "무릎을 꿇고서" 바울의 영혼 앞에 마주 대하는 자세만큼은 잃지 않으려고 애썼다.

육신은 죽었으나 세월과 함께 더욱 빛나는 한 인간의 영혼을 만난다는 것은 가슴 설레는 일이 아닐 수 없다. 아담한 책으로 꾸며주신 도서출판 삼인에 감사드린다.

차례

책을 내면서	5
머리글	9
가장 높고 가장 낮은 명칭 1 : 1	13
복음, 하늘 소리를 위하여 1 : 2~7	19
모든 사람에게 빚진 자 되어 1 : 8~15	25
저희가 핑계치 못할지니라 1 : 16~25	31
마음에 하나님 두기를 싫어하매 1 : 26~32	37
심은 대로 거두리라 2 : 1~8	42
각 사람에게 내리는 심판 2 : 9~16	48
사람만이 희망이다 2 : 17~29	54
착각은 궤변을 낳고 3 : 1~8	60
사람은 모두 같다 3 : 9~26	66
하나님께는 '바깥' 이 없다 3 : 27~31	72
불의한 의인 4 : 1~8	77
아브라함과 모세, 누가 먼저인가? 4 : 9~25	82
그리스도인이 늘 즐거워할 이유 5 : 1~11	88
아담과 그리스도 5 : 12~19	93
율법과 범죄 5 : 20~21	98
죄에 대하여 죽은 몸 6 : 1~9	103
죄에 죽고 하나님께 살고 6 : 10~18	109
사망에서 영생으로 6 : 19~7 : 6	115
율법과 거울 7 : 7~17	121

오호라, 나는 곤고한 사람이로다 7: 18~25 126
육신의 생각은 사망이요…… 8: 1~11 132
아빠 아버지 8: 12~21 138
탄식하는 피조물 8: 22~30 144
아름다운 믿음 8: 31~39 150
하나님이 불의를 저지르셨나? 9: 1~18 156
네가 뉘기에? 9: 19~33 162
사랑만이 율법을 완성한다 10: 1~13 168
믿음은 들음에서 나며 10: 14~21 174
하나님이 자기 백성을 버리셨느뇨? 11: 1~12 179
높은 마음을 품지 말고 11: 13~24 185
깊도다, 하나님의 지혜여 11: 25~36 191
이 세대를 본받지 말고 12: 1~3 197
한 몸에 여러 지체 12: 4~13 202
선으로 악을 이기라 12: 14~21 207
권세에 복종하라 13: 1~10 213
자다가 깰 때 3: 11~14 219
남의 하인을 판단하는 너는 누구냐? 14: 1~12 224
먹는 것으로 하나님 사업을 망치지 말라 14: 13~23 230
너희도 서로 받으라 15: 1~13 236
다시 생각나게 하려고 15: 14~24 242
저희가 기뻐서 하였거니와 15: 25~33 247
주 안에서 문안하라 16: 1~16 252
오직 하나님께 영광을! 16: 17~27 258

가장 높고 가장 낮은 명칭

「로마서」는 편지글이다. 편지글 형식을 띤 바울의 '조직 신학'이 아니라 진짜 편지다. 다만 그 내용에, 바울의 다른 편지들에 견주어, 논리적이고 조직적으로 쓰려 한 흔적이 엿보일 뿐이다. 당시 사람들은 편지를 쓸 때, 이것은 누가 누구에게 보내는 편지라고 앞머리에 밝히는 것이 상례였다고 한다.

바울 역시 그 편지투로 앞머리를 시작하는데, 그냥 간단하게 "나 바울은……"이라고 쓰지 않고 몇 마디 말로 자신을 설명한다. 이는 「로마서」가 바울이 익히 알고 있는 사람이나 사람들에게 쓴 것이 아니라 (「빌립보서」나 「디모데서」처럼) 이름도 얼굴도 모르는 낯선 이들에게 쓴 것임을 암시한다. 낯설기는 하지만 이미 "그리스도 안에서" 형제 자매가 된 이들에게 보내는 것이므로 그렇게 아주 낯설기만 한 것도 아니다.

예수 그리스도의 종 바울은 사도로 부르심을 받아 하나님의 복음을 위하여 택정함을 입었으니 1: 1

바울은 "예수 그리스도의 종"이란 말로 자신을 소개한다. 인류 가운데 이런 명칭으로 자기를 소개할 수 있는 사람이 몇이나 될까? 얼마가 되든 그들은 틀림없이 이 땅에 발 딛고 살아가는 사람들 가운데서 가장 행복하고 당당한 사람들일 것이다.

옛날 아브라함이나 모세도 '하나님의 종'이라는 이름으로 불렸다. 하나님의 종이나 예수 그리스도의 종이나 내용은 같다고 봐야겠는데, 아무튼 최고의 명예와 최저의 비천함이 함께 포함되어 있는 묘한 명칭이다. '하나님'의 종이기에 가장 높고 예수 그리스도의 '종'이기에 가장 낮다.

종은 자기 것이라고는 아무것도 지닌 바 없다. 목숨조차 자신의 것이 아니다. 하물며 그가 세상에 살아가는 동안 어쩔 수 없이 지녀야 하는 이런 저런 물건이 어찌 그의 '소유'일 수 있겠는가? 물건뿐이 아니다.

일을 한 결과로 생기는 공(功)이나 그것 때문에 따라붙는 명예 따위도 그의 것일 수 없다. 그러니 '아무개 목사의 공적(功績)을 기리는 예배'는 사실상 있을 수 없는 일이다. 그런데도 그런 모임이나 예배를 버젓이 열고, 광고까지 하고, 부끄러움이 뭔지도 모르는 얼굴로 번쩍거리는 공로패 조각을 꽃다발에 싸서 주고받는 자들의 민망스런 무식(無識)을 구경한다는 것은 고역이 아닐 수 없다.

종이 일을 마치고 할 수 있는 말은 "비천한 종이 할 일을 했을 따름입니다" 이 한마디밖에 없다. 그 말조차도 말을 하지 않을 수 없는 상황에서 마지못해 하는 것이어야 한다. 그래야 그게 진짜 종이다. 그리고 진짜를 보는 눈을 가진 이는 그런 사람을 가리켜 성인(聖人)이라고 한다. 성인은 공성이불거(功成而不居)라, 참된 하늘의 종은 공을 이루고 그 자리에 머물러 있지 않는다고 했다.(『老子』, 2장)

그러니까 이 땅에서 누가 주는 무슨 상이든 그것을 자기가 받아 마땅한 것으로 알아 즐거운 마음으로 받고 또 사람들이 그의 공로에 박수를 친다고 해서 그것을 자랑스레 받아들이는 그런 친구는, 아무리 자칭 타칭 그리스도의 종이라 해도 미안하지만 그 명칭으로 불릴 자격을 이미 상실한 사람이다. 사람들은 속겠지만 하늘은 속지 않는다. '종' 이란 이름은 그런 이름이다.

그러나 종은 종이지만 하나님의 종이다. 예수 그리스도의 종이다. 그러므로 세상에서 아무리 힘있고 대단한 권세가라도 그 앞에서는 머리를 숙여야 한다. 하나님의 종을 홀대하는 것은 곧 하나님을 홀대하는 것이기 때문이다. 따라서 하나님의 종 또는 예수 그리스도의 종이란 명칭은 이 땅에서 한 인간이 지닐 수 있는 가장 높은 이름이다. 그는 모름지기 겸손해야 하지만 그만큼 오만해야 한다. 아무한테나 굽실거려서는 안 된다.

하나님의 종은 하나님 앞에서는 바닥의 바닥을 기어야 하고 사람 앞에서는 머리를 빳빳하게 세워야 한다. 그 모습을 좀더 자세하게 말하면, 짓밟히고 내쫓기고 멸시받고 착취당하는 이른바 힘없는 사람들한테는 온순하고 겸손한 자세로 그들을 섬겨야 하고, 반대로 남을 짓밟고 내쫓고 멸시하고 착취하는 이른바 힘있는 자들한테는 오만하고 당당한 자세로 그들을 꾸짖어야 한다는 말이다.

이것이 성경에서 우리가 보게 되는 하나님 종들의 한결같은 모습이다. 만일 어떤 목사가 자칭 하나님의 종이라고 하면서 세도가나 고관에게는 굽실거리고 가난한 서민 밑바닥 사람에게는 거만하게 군다면, 그는 틀림없는 가짜다. 예수님이 과부와 고아, 사마리아인과 세리에게 어떤 모습을 보여주셨으며 빌라도와 헤롯, 사두개인과 바리새인에게 어떤 모습을 보여주셨는지를 단 몇 초만 명상해도 위의 말을 수긍할 수 있을 것이다.

자신을 예수 그리스도의 종이라고 소개한 바울은 내친김에 조금 더 자세하게 자신의 위치를 설명하고 싶었던 것일까?

종들 가운데도 역할에 따라서 일하는 처소가 저마다 다르게 마련이다. 청소하고 집안 돌보는 일을 맡은 종은 언제나 울타리 안에 머물러 살 것이요, 바깥 심부름을 맡은 종은 대부분의 시간을 집 밖에서 보내게 될 것이다.

바울은 자신을 사도로 부르심을 받은 종이라고 말한다. 사도(아포스톨로스〔apostles〕)란 '파견된 자'라는 뜻이다. 그것은 자신이 원했기 때문이 아니라 일방적으로 주인이 그에게 그 역할을 맡겼기 때문이다. 종은 일의 종류와 분량조차 자신이 선택하거나 결정할 수 없는 존재다. 주인이 가라고 하면 가고 머물라고 하면 머물고 오라고 하면 올 따름이다.

사도라고 해서 모두 같은 일을 하는 것은 아니다. 어떤 사도는 베드로나 야고보처럼 한 신앙 공동체에서 오래 머물며 주님의 일을 해야 했고 바울은 주로 바깥 세상〔異邦〕을 돌아다니며 주님의 일을 해야 했다.

그래서 그는 "하나님의 복음을 위하여 택정함을 입은" 사도라고 자신을 소개한다. 자기가 예수 그리스도의 여러 종들 가운데서 사도로 부르심을 받았고 여러 사도들 가운데서도 하나님의 복음을 위한 사도로 선택되었다는 얘기다.

'복음' 이란 기쁜 소식인데, 하나님 나라가 가까이 왔으며 이미 땅에서 이루어지고 있다는 소식을 세상에 알리신 분이 예수님이다. 그의 종인 바울도 마땅히 주인이 전하시던 복음을 전해야 했다.

'소리' 는 언제나 두 가지 소리로 이루어진다. 내는 소리〔音〕와 듣는 소리〔聲〕가 그것이다. 그래서 "음성(音聲)이 상화(相和)"라고 했다.(『老子』)

음(音)이 없으면 성(聲)이 있을 수 없고 그 역(逆)도 마찬가지다.

따라서 "복음을 위하여"라는 말 속에는 들어야 할 귀가 있는 곳으로 끊임없이 돌아다녀야 하는 입이 암시되어 있다. 바울은 그래서 발이 부르트도록 걷고 또 걸어야 했다.

'복음' 이라는 말에 대하여 한 가지 더 생각해 볼 것이 있다. 복음은 모든 사람에게 복음인가? 그렇다. 이슬은 뱀이 마셔도 이슬이요 꽃이 마셔도 이슬이다.

그러나 과연 그리스도의 복음은 모든 사람에게 복음이었던가? 아니다. 똑같은 말씀이 어떤 자들에게는 기쁜 소식이었지만 어떤 자들에게는 불쾌한 도전이었다. 가난한 이들에게는 복음(福音)이었지만 부유한 이들에게는 화음(禍音)이었다.

복(福)과 화(禍)는 같은 뿌리에서 나온 두 열매다. 복(福)이라는 말 속에는 화(禍)라는 개념이 들어 있고 그 반대도 마찬가지다. 똑같은 이슬이 꽃한테서는 꿀이 되고 뱀한테서는 독이 된다.

하나님의 복음을 위한 사도로 선택된 예수 그리스도의 종 바울의 운명은 그 명칭 때문에 처음부터 결정되어 있었다. 자기를 뜨겁게 환영하는 무리와 자기를 배척하여 마침내 죽이려고 기회를 노리는 무리 사이를 헤치며, 주인인 그리스도 예수께서 보내시는 대로 땅 끝까지 걷고 또 걸어야 했던, 고달프면서 신나고 괴로우면서 즐겁고 아프면서 기뻤던 나그네, 그가 바울이었다.

복음, 하늘 소리를 위하여

바울은 "복음을 위하여 택정함을 입은" 사람으로 자신을 소개한다. 그 복음은 하나님의 복음이다. 복된 소식[福音]의 진원지가 하나님이라는 말이다.

장자(莊子)는 소리에 세 가지가 있다고 말한다. 사람이 내는 소리, 땅이 내는 소리 그리고 하늘이 내는 소리가 그것이다.

사람이 내는 소리에는 사람의 뜻[意志]이 담겨 있어서 순수하지 못하고 그래서 삿되다[邪]. 소리에 불순물이 섞여 들어간 것이다. 사람이 내는 소리라 해도 사사로운 뜻이 섞여 있지 않으면 삿되지 않다. 그래서 젖먹이는 온종일 울어도 목이 쉬지 않는다고 했다. 무릇 '사람의 뜻'이란, 그것이 선한 것이든 악한 것이든, '하나님의 뜻' 앞에서 깨끗이 지워져야 한다는 것이 성서의 한결같은 주장이다.

베드로는 죽는 자리로 나가는 스승의 앞을 막아서다가(얼마나 인간적인 몸짓인가?) 사탄이라는 말을 듣는다. 아무리 선한 뜻이라도 하나님의 뜻 앞에서는 철저히 부정되어야 한다. '사람의 뜻' 자체가 불순한 물건이기 때문이다.

땅이 내는 소리에는 인간의 뜻이 담겨 있지 않아서 삿됨이 없다. 그러나 어떤 조건이 성립되지 않으면 나지 않는다. 땅이 스스로 소리를 내지는 못한다는 얘기다.

대숲에 바람이 불면 소리가 난다. 그 소리는 바람이 저 혼자서 내는 것이 아니다. 땅은 인간처럼 자신의 뜻을 소리에 담지 않는지라, 땅이 내는 소리 때문에 세상이 어지러워지는 법은 없다. 그러나 그뿐이다.

하늘이 내는 소리는 그 속에 인간의 삿됨을 섞지 않으면서 땅의 한계도 벗어나 아무 조건 없이 스스로 소리를 낸다. 사람 소리와 땅 소리는 귀에 이상이 없는 한 누구나 들을 수 있지만 하늘 소리는 '들을 귀 있는 자' 만이 듣는다.

바울이 전해야 했던 복음은 '하늘 소리' 였다. 어느 개인 또는 집단의 사사로운 뜻이 들어 있는 소리가 아니었다. 무슨 조건이 갖추어져야만 낼 수 있는 그런 소리도 아니었다. 귀가 있다고 해서 아무나 들을 수 있는 소리도 아니었다.

그것은 사람이 내는 소리도 아니었고 땅이 내는 소리도 아니었다. 하나님이 그 복음의 진원지였다.

이 복음은 하나님이 선지자들로 말미암아 그의 아들에 관하여 성경에 미리 약속하신 것이라 이 아들로 말하면 육신으로는 다윗의 혈통에서 나셨고 성결의 영으로는 죽은 가운데서 부활하여 능력으로 하나님의 아들로 인정되셨으니 곧 우리 주 예수 그리스도시니라 1: 2~4

바울이 전달해야 할 복음은, 첫째 하나님의 아들에 관한 복음인데, 그것은 이미 하나님께서 예언자들을 통하여 성경에 약속하셨던 것이다. 그러니까 하나님께서 인간에게 주셨던 약속을 실현하신 것이라는 얘기다.

둘째, 그 복음은 하나님의 아들 곧 우리 주 예수 그리스도에 관한 것이다. 하나님께서 "당신의 아들을 두고 하신 말씀"(표준새번역)이다. 예수님에 관련된 바울 자신의 생각이나 이런 저런 뜬소문 따위가 아니라 하나님께서 당신 아들을 두고 친히 이루신 사건을 전하겠다는 것이다.

「로마서」를 두고 사람들은 바울의 신학이 가장 체계 있게 정리된 글이라고들 말한다. 좋다. 그렇게 볼 수도 있다. 그러나 바울이 자신의 '신학'을 전달하고자 쓴 글이라고 생각해서는 안 될 것이다. 그의 목적은 오직 하나님이 당신 아들을 통해서 이루신 일을(그것이 곧 복음이다) 사람들에게 전하는 데 있었다. 우리는 그의 간절한 염원에 대하여, 그것을 의심해서는 안 된다.

니체는 바울이 예수를 왜곡했다 하여 비난에 가까운 비판을 했다. 그가 그렇게 한 것은 그의 자유니 내가 뭐라고 할 것은 없지만, 바울이 예수님을 나름대로 체험한 뒤에 남은 생애를 전부 걸고 오직 그분의 가르침을 사람들에게 전하고자 동분서주했다는 분명한 사실까지 함부로 폄하(貶下)해서는 안 될 것이다.

사람의 말을 그의 삶과 떨어뜨려놓고 볼 수 있는, 또는 그래야 한다는, 참으로 대단한 안목(!)을 지닌 비평가나 철학자 또 신학자는 바울을 평가하여 읽을 가치도 없다고 말할 수 있을지 모르겠으나, 나로서는 도대체 어떻게 한 인간의 말(글)을 그의 삶에서 떨어뜨려놓고 볼 수 있는지 모르겠다. 잠시 곁눈을 팔았다. 다시 본문으로 돌아간다.

셋째, 그 복음의 주인공인 예수 그리스도가 어떤 분이냐 하면 다윗의 후손이면서 하나님의 아들이신 그런 분이다.

예수님은 아브라함의 후손으로 태어났지만 그러나 아브라함보다 먼저 있었던 분이시다.(「요」8 : 58)

자, 이 신비(神秘)를 어떻게 설명할 것인가? 아무리 친절하고 자상하게 설명을 해도, 아무리 빈틈없이 완벽하게 설명을 해도, 듣고자 하는 마음이 없는 사람한테는 소용이 없다. 아무리 아름다운 꽃을 들어 보여도 눈을 감고 있는 사람한테는 소용없듯이.

옛날 유대인 지도자들이 그랬다. 예수님이 "아브라함이 나기 전부터 내가 있었다"고 말씀하셨을 때, 그 말씀이 한 점 에누리 없이 완벽한 진실 자체였음에도 불구하고, 그들은 그 말을 이해할 수 없었다. 그것은 무식해서가 아니라 이해하고자 하는 마음이 없었기 때문이다.

예수님은 아버지이신 하나님께서 세상에 보내셔서 오신 분이다. 그러니까 저 베들레헴 첫 성탄일 밤 이 세상에 태어나시기 '전에' 이미 계시던 분이다. 달리 말하면 태어나시기 전에 이미 존재하신 분이라는 얘기다.

여기서 말하는 '전에'는 인류가 존재하기 이전, 천지가 지음받기 이전을 의미한다. 예수님이 아브라함의 핏줄을 이어 그의 '후손'으로 태어난 것은 어김없는 사실이지만 동시에 아브라함이 태어나기 전에 이미 계셨던 분이라는 것 또한 어김없는 사실이다.

나 이 아무개도 다른 사람들과 마찬가지로, 아버지이신 하나님께서 이 세상에 보내서 왔다. 그러므로 나 또한 예수님과 마찬가지로 내가 태어나기 전에 이미 있었던 존재다. 이를 일컬어 '존재의 신비' 라고 말해도 좋겠다.

예수님은 이렇게 아브라함의 후손인 몸과 아브라함보다 먼저 있었던 몸, 두 몸으로 세상을 사셨다. 우리한테도 몸이 둘 있다. 아브라함의 후손인 예수님 몸이 만져지고 보이고 그랬던 것처럼 우리에게도 감각과 사량(思量)의 대상이 되는 몸이 있고, 아브라함보다 먼저 있었던 예수님 몸이 만져지지도 잡히지도 않았던 것처럼 우리에게도 감지되거나 인식되지 않는 몸이 있다.

앞의 몸에 뒤의 몸을 복종시키면 그것이 곧 '고통' 이요, 뒤의 몸에 앞의 몸을 복종시키면 그것이 곧 '생명' 이요, 앞의 몸과 뒤의 몸이 분리되면 그것이 곧 '죽음' 이다. 이 고통을 벗어나 죽음을 넘어 생명으로 가는 길을 몸소 보여주시며 가르치신 분이 예수 그리스도요 그분에 관련된 모든 일이 곧 바울이 전해야 했던 '복음' 이었던 것이다.

그로 말미암아 우리가 은혜와 사도의 직분을 받아 그의 이름을 위하여 모든 이방인 중에서 믿어 순종케 하나니 너희도 그들 중에 있어 예수 그리스도의 것으로 부르심을 입은 자니라 로마에 있어 하나님의 사랑하심을 입고 성도로 부르심을 입은 모든 자에게 하나님 우리 아버지와 주 예수 그리스도로

좇아 은혜와 평강이 있기를 원하노라 1: 5~7

그리스도의 부르심을 받은 사람이 그리스도의 부르심을 받은 사람에게 편지를 쓴다. 그리스도께서는 왜 사람을 부르시는가? 그로 하여금 당신을 믿어 순종함으로써 은혜와 평강을 누리게 하려는 것이다. 순천자존(順天者存)이요 역천자망(逆天者亡)이다. 그리스도께서 사람을 부르심은 그로 하여금 '하늘'에 순종하여 영생을 누리게 하려 하심이다.

"그리스도의 사도로 부르심을 받은 나 바울이 그리스도의 부르심을 받은 로마의 성도에게 이 편지를 보낸다." 이렇게 전형적인 로마식 편지투로 바울은 인사를 마친다. 오직 그리스도의 은혜와 평강이 내리시기를 빌면서.

모든 사람에게 빚진 자 되어

인사말을 마치는 대로 편지받은 이들에게 미친 하나님의 은혜에 대하여 감사하는 것이 바울의 관행이었던 모양이다. 여기서도 예외가 아니다.

첫째는 내가 예수 그리스도로 말미암아 너희 모든 사람을 인하여 내 하나님께 감사함은 너희 믿음이 온 세상에 전파됨이로다 1: 8

바울이 로마 그리스도인을 생각할 때 맨 먼저 떠오르는 것은 그들의 믿음이 온 세상에 전파되었음에 대한 고마움이었다. 믿음이 전파되었다는 표현은 그 믿음이 널리 알려졌다는 뜻이다.("여러분의 믿음이 온 세상에 널리 알려지고 있다는 사실에……"—공동번역)

이 짧은 한마디 말에서 바울의 순결하고 너그러운 성품을 엿볼 수 있다. 그는 하나님의 복음이라는 종자(種子)를 파는 세일즈맨이었다. 물론 그 씨앗은 돈으로 환산할 수 없는 것이기 때문에, 그의 목적은 돈을 버는 데 있지 않고 하나라도 더 많은 사람에게 '복음'을 심어주는 데 있었다. 하나님의 복음은 말 그대로 하나님의 것이다. 바울의 것이 아니다. 그러나 그것을 많이 팔수록 살아나는 것은 하나님이 아니라 바울 자신이다. 하나님은 사람이 무엇을 하느냐 마느냐에 따라 이리저리 좌우되는 그런 '존재'가 아니시다. 지구에 사는 인간들이 이구동성으로 "하나님은 없다"고 소리지르고 동의하고 결의안에 서명하고 난리법석을 떨어도, 하나님하고는 아무 상관없는 짓이다.

바울은 '복음'이라는 종자(種子)를 하나님에게서 값없이 받아 사람들에게 값없이 파는데, 값으로 따질 수 없는 이득을 자신이 보고 있으니 참으로 묘한 세일즈맨이다. 그런데 누군가의 '믿음'이 세상에 널리 알려졌다는 사실은 그곳에 이미 '복음'이 전파되었음을 암시한다. 어느 세일즈맨이 그곳을 벌써 다녀갔느냐는 문제가 되지 않는다. 어떤 경로를 거쳐서든 어느 전도자에 의해서든 하나님의 복음이 로마에 전파되었다면 그 자체로 충분히 그리고 무조건 고마운 일인 것이다.

어느 교회에서 설교를 하게 되었다. 설교 도중에 교인들한테 물었다.

"이 교회 누가 개척하셨습니까?"

"이(李) 아무개 목사님이십니다."

서슴없는 이구동성이었다. 다시 물었다.

"이 교회 누가 세우셨습니까?"

이번에는 대답이 없다. 시선을 이 아무개 목사에게 돌리고 물었다.

"이 교회 당신이 세웠습니까?"

"아닙니다. 예수님이 세우셨지요."

"그렇다면 교인들이 잘못 알고 있군요. 당장 바로잡아 주십시오."

복음이 전파되었으면 그것으로 족하다. 세일즈맨은 이미 받을 몫을 다 받았으니 조용히 그 자리를 떠날 일이다.

내가 그의 아들의 복음 안에서 내 심령으로 섬기는 하나님이 나의 증인이 되시거니와 항상 내 기도에 쉬지 않고 너희를 말하며 어떠하든지 이제 하나님의 뜻 안에서 너희에게로 나아갈 좋은 길 얻기를 구하노라 1 : 9~10

정성을 다하여 하나님께 무엇을 간구함은 좋은 일이다. 바울은 기도할 때마다 로마를 생각했고 그곳에 갈 수 있기를 바랐다. 그러나 그 모든 소원은 오직 '하나님의 뜻 안에서' 이루어져야 한다. 아무리 선한 뜻으로 바란다 하여도 사람이 그 바라는 바를 '제 힘으로' 성취하고자 해서는 안 된다. 인간의 몸에서 자신의 의지와 능력이 모두 사라질 때, 다르게 말하면 하나님 앞에서 온전히 자기를 비울 때 비로소 그는 하나님의 도구로 쓰임받을 수 있다.

피리가 만일 자신의 가락을 고집하여 제 소리를 따로 낸다면 입신(入神)의 경지에 든 명인(名人)이라도 어찌 그 피리로 연주할 수 있으랴? 피리가 제 속을 텅 비워 피리일 수 있듯이 하나님의 종도 그분 앞에서 아무것 아닐 때에 비로소 그분의 일을 할 수 있다. 그런즉 우리가 마땅히 힘쓸 바는 선한 의지를 품는 것이 아니라 하나님 앞에서 그것을 비우는 일이다.

여기서 말에 걸려 넘어지는 일이 없도록 조심해야겠다. 하나님 앞에서 선한 의지를 비운다는 말은 선한 의지를 품지 않는다는 말이 아니다. 억지로 말을 만들어 한다면, 선한 의지를 품되 그것에 갇히거나 얽매이지 않는다는 말이다. 노자(老子)의 "하면서 하지 않는다"(爲無爲)는 말을 여기에 적용해도 되겠다.

내가 너희 보기를 심히 원하는 것은 무슨 신령한 은사를 너희에게 나눠주어 너희를 견고케 하려 함이니 이는 곧 내가 너희 가운데서 너희와 나의 믿음을 인하여 피차 안위함을 얻으려 함이라 1: 11~12

바울이 로마에 가고자 하는 이유는, 하나님에게서 받은 은사를 나눠주어 그들을 견고케 하려는 것이었다.

은사란 무슨 대가로 받는 보상이 아니라 값없이 받는 것이다. 그리고 그것은 이웃에게 나눠줌으로써 줄어들지 않고 오히려 더욱 많아진다. 반대로, 그것을 독점하면 독점하는 순간 독(毒)으로 바뀌어 사람을 해친다. 가장 좋은 것은 가장 나쁜 것과 통한다.

사람들이 믿음으로 복음을 받아들이면 그것은 곧 바울에게 위로와 격려가 된다. 바울이 로마에 가서 얻고자 한 것이 있었다면 그곳 그리스도인의 믿음을 격려함으로써 격려를 받으려는, 바로 그것이었다.

형제들아 내가 여러 번 너희에게 가고자 한 것을 너희가 모르기를 원치 아니하노니 이는 너희 중에서도 다른 이방인 중에서와 같이 열매를 맺게 하려 함이로되 지금까지 길이 막혔도다 1: 13

뜻을 지니되 미처 그 뜻을 비우지 못했던 바울. 그래서 "여러 번" 로마행을 시도한다. 그러나 하나님께서 그를 도우셨으니 그 때마다 길을 막으셨던 것이다.

자신의 선한 뜻 또는 계획이 거푸 좌절될 때 그것을 하나님의 도우심으로 볼 수 있다면, 이제 더 이상 그에게는 길을 막는 장애물이 있을 수 없다.

헬라인이나 야만이나 지혜 있는 자나 어리석은 자에게 다 내가 빚진 자라 그러므로 나는 할 수 있는 대로 로마에 있는 너희에게도 복음 전하기를 원하노라 1: 14~15

하나님의 복음은 어떤 부류에 속한 사람에게만 선택적으로 필요한 것이 아니다. 세상에 숨쉬지 않고 살 수 있는 사람이 없듯이, 하나님의 말씀을 먹지 않고 살 수 있는 사람은 없다.

민족이나 혈통 따위가 '복음' 앞에 경계선을 그을 수 없다. 지혜로운 자도 어리석은 자도 '복음' 앞에서는 똑같이 굶주린 인간이다. 많이 배웠느냐 배우지 못했느냐가 '복음' 앞에서 인간을 구분 짓는 잣대가 될 수는 없다.

그래서 바울은 자신이 '모든 사람'에게 빚진 자라고 한다. 마땅히 주어야 할 것이 있는데 아직 그것을 주지 못했으니 빚진 자다. 자신이 로마로 가고자 하는 것도 거기에 살고 있는 이들한테 진 빚을 갚으려는 것이라는 설명이다.

하나님에게서 '복음'을 받았으니, 이제는 죽는 순간까지 '빚진 자'로 살아야 한다. 어쩔 수 없는 운명이다.

그리고, 어쩔 수 없이 거룩하고 아름다운 인생이다!

저희가 핑계치 못할지니라

내가 복음을 부끄러워하지 아니하노니 이 복음은 모든 믿는 자에게 구원을 주시는 하나님의 능력이 됨이라 첫째는 유대인에게요 또한 헬라인에게로다 1: 16

복음을 부끄러워한 자들이 있었던가? 있었다. 부끄러워한 정도가 아니라 싫어하고 미워하기까지 했다. 그들은 마침내 예수님을 십자가에 못박았다.

"유대인은 표적을 구하고 헬라인은 지혜를 찾으나 우리는 십자가에 못박힌 그리스도를 전하니 유대인에게는 거리끼는 것이요 이방인에게는 미련한 것이로되 오직 부르심을 입은 자들에게는…… 하나님의 능력이요 하나님의 지혜니라."(「고전」 1: 22~24)

십자가의 도(道)란 무엇인가? 내가 죽어 네가 살고 그래서 나도 산다는 가르침이요 그 실현이다. 내가 살기 위해서는 먼저 네가 죽어줘야겠다는 이 살벌한 '무한 경쟁 시대'를 신명나게 살아가면서 어떻게 '십자가의 길'을 미워하거나 부끄러워하지 않을 수 있을 것인가? 스스로 그리스도인을 자처하면서 힘의 논리에 바탕을 둔 오늘날의 자본주의 체제가 거북하지 않다면 어딘가 잘못되었다.

복음이 어떻게 '하나님의 능력'인가? 본디 참말은 힘을 지닌다. 참말 그 자체가 힘이다. 도사(道士)들이 주문을 외면 난데없이 우박이 내리기도 하고 평지에 돌풍이 일기도 하는데, 주문(呪文)을 다른 말로 진언(眞言) 곧 참말이라고 한다. 사람이 타락하여 거짓말쟁이가 되면서 말이 힘을 잃었다.

복음을 전하는 자는 참말을 전하는 자다. 삶이 거짓되면서 참말을 할 수는 없는 일. 그러기에 먼저 참사람이 되지 않고서는 복음을 전할 수 없는 것이다. 이 편지를 쓴 바울도 복음을 전하러 나서기 전에 중생(重生)을 체험해야 했다.

거짓된 사람이 복음을 전해도 힘은 발휘된다. 그러나 그 힘은 생명을 살리는 참된 힘이 아니라 생명을 죽이는 사악한 힘이다. 힘의 진원(震源)이 복음에 있지 않고 사람한테 있기 때문이다.

복음에는 하나님의 의가 나타나서 믿음으로 믿음에 이르게 하나니 기록된 바 오직 의인은 믿음으로 말미암아 살리라 함과 같으니라 1: 17

음성상화(音聲相和). 내는 소리를 음(音)이라 하고 듣는 소리를 성(聲)이라 한다. 내는 소리만으로는 온전한 소리가 될 수 없고 듣는 소리가 없다면 내는 소리도 없는 것이다.

복음(福音)도 내는 소리[音]인 이상 마땅히 듣는 소리[聲]로

되어야 비로소 온전한 복음이 된다. 듣는 소리는 듣는 귀에서 나온다. 이 듣는 귀를 '믿음' 이란 말로 다르게 표현할 수 있겠다. 듣는 소리가 내는 소리를 온전케 하듯이 '믿음' 은 '복음' 을 온전케 한다.

그러나 먼저 내는 소리가 없다면 어찌 듣는 소리가 있을 것이며 듣는 소리가 없다면 듣는 귀는 또 어찌 있을 것인가? 그래서 믿음은 시작이면서 마침이 되어, 복음을 들음에서 비롯되어 복음을 들음으로 귀결한다. "믿음으로 믿음에 이르게 하나니……."

부뚜막 소금도 집어넣어야 짜다. 온 세상을 구원할 큰 능력을 지닌 복음이지만 사람이 그것을 받아들이지 않으면 허공을 울리는 메아리일 뿐이다. 그래서 의인은 믿음으로 말미암아 산다.

복음과 믿음 이 둘은 서로 떼어놓을 수 없는, 떼어놓으면 함께 소멸되고 마는, 음(音)이요 성(聲)이다.

하나님의 진노가 불의로 진리를 막는 사람들의 모든 경건치 않음과 불의에 대하여 하늘로 좇아 나타나나니 이는 하나님을 알 만한 것이 저희 속에 보임이라 하나님께서 이를 저희에게 보이셨느니라 창세로부터 그의 보이지 아니하는 것들 곧 그의 영원하신 능력과 신성(神性)이 그 만드신 만물에 분명히 보여 알게 되나니 그러므로 저희가 핑계치 못할지니라

1 : 18~20

'있음' 에 나아가 '없음' 을 보라(卽有以觀無)고 했다. 세상에 존

재하는 온갖 사물을 보며 그것들을 있게 한 '보이지 않는 무엇' 을 보라는 말이다. 눈에 보이지 않지만 볼 수 있으니까 보라고 했다.

누구나 볼 수 있는데 보지 못한다면 그것은 보고자 하는 마음이 없기 때문이다. 마음이 거기에 없으면 보아도 보지 못한다.(心不在焉視而不見) 스스로 보고자 하지 않을 경우에도 물론 보이지 않는다.

'모든 경건치 않음과 불의' 가 사람으로 하여금 피조물에서 창조주를 보지 못하게 한다. 또한 안 보게 한다. 그리고 그 결과는 위에서 내려오는, 다시 말해서 아무도 막거나 피하지 못할 '하나님의 진노' 다.

보라. 오늘 교만방자한 인간의 머리 위로 내리는 온갖 재앙을 누가 막거나 피할 것인가?

인간을 괴롭히는 존재는 인간뿐이다. 인간이 인간을, 인간과 함께 세계를, 파멸로 몰아간다. 그래서 핑곗거리가 없다.

하나님을 알되 하나님으로 영화롭게도 아니하며 감사치도 아니하고 오히려 그 생각이 허망하여지며 미련한 마음이 어두워졌나니 스스로 지혜 있다 하나 우준하게 되어 썩어지지 아니하는 하나님의 영광을 썩어질 사람과 금수와 버러지 형상의 우상으로 바꾸었느니라 1: 21~23

"우준하게 되었다"는 어리석게 되었다는 말이다. 인간이 스스로 똑똑하고 지혜로워서 그래서 어리석어졌다는 얘기다.

'내가 하나님을 안다' 고 생각하니까 결과는 하나님을 모르고 짐승 모양의 우상을 하나님과 바꿔치기한다.

"무명(無明)이란 무엇인가? 단지 인간의 처지에서만 보는 이른바 지혜라는 것, '이것은 이것이다' 하고 독선적으로 확정 짓는 것, 그것이 곧 인간의 무지(無知)다."(오시다 시게토)

요컨대, 안다고 하는 게 탈이다. 그래서 스스로 보는 자는 먼저 그 눈을 멀게 해야 한다. 그것이 예수께서 이 땅에 오신 목적 가운데 하나였다.(「요」9: 39)

인간의 느낌이나 생각만으로 만사를 재단(裁斷)하는 것이야말로 신성 모독이요 불의다.

그러므로 하나님께서 저희를 마음의 정욕대로 더러움에 내어 버려두사 저희 몸을 서로 욕되게 하셨으니 이는 저희가 하나님의 진리를 거짓 것으로 바꾸어 피조물을 조물주보다 더 경배하고 섬김이라 주는 곧 영원히 찬송할 이시로다 아멘

1: 24~25

하나님께서 내버려두시지 않고서야 세상이 이 모양일 수 없다. 자식이 돈 때문에 아비를 죽이고 아비는 딸을 팔아 돈을 챙긴다. 온통 돈, 돈, 돈으로 돌아버린 세상이다. 부패를 막아주는 게 소금인데 그 소금이 부패하면 그때에는 어찌할 것인가? 내버려둔다. 자고이래 국운(國運)이 이미 기울어진 나라가 다시 세워진 적 있던가? 근본이 썩기 시작했으면 다른 길이 없다. 무너지는

것을 버티지도 말고 밀지도 말 것! 그냥 내버려둘 것! 그것이 하늘 뜻에 따름이다.

마음에 하나님 두기를 싫어하매

동성애(同性愛)를 어떻게 볼 것인가? 최근에는 그것을 사회적으로 인정하며 도덕적으로 용납해야 한다는 주장을 내놓고 하는 사람들이 있나보다. 또 그것을 주제로 삼은 연극 · 영화 · 소설 따위가 많이 나오고 어떤 것은 돈도 좀 벌었다고 한다.

좋다. 얼마든지 있을 수 있는 일이다. 그러나 그렇다고 해서 팔짱을 끼고 구경이나 할 것인가? 그럴 수 없는 일이다.

사람도 자연의 일부(一部)이니만치 자연의 법을 어기고서는 살아남을 수 없다.

문제는 사람이 공해를 일으켰는데(그것은 자연의 법을 어긴 결과일 따름이다) 사람만 골라서 병드는 게 아니라 지상의 모든 생명체가 고통을 겪고 있듯이, 동성애가 그것을 하는 사람들 개인의 문제로 그치지 않고 다른 사람들까지 함께 불행으로 이끌어간다는 데 있다.

이를 인하여 하나님께서 저희를 부끄러운 욕심에 내어버려 두셨으니 곧 저희 여인들도 순리대로 쓸 것을 바꾸어 역리로 쓰며 이와 같이 남자들도 순리대로 여인 쓰기를 버리고 서로 향하여 음욕이 불 일듯하매 남자가 남자로 더불어 부끄러운 일을 행하여 저희의 그릇됨에 상당한 보응을 그 자신에 받았느니라 1 : 26～27

2천 년 전에 기록된 문서에서 이런 문장을 읽게 되다니!

사람들이 동성애라는 패륜에 떨어지게 된 것은 그들이 하나님 아닌 것들을 하나님으로 모시고 섬긴 결과다.(1 : 25) 이것이 바울의 생각이었다. 하나님을 등진 인간이 하는 일은, 그것이 무엇이든 역리(逆理)가 아닐 수 없다. 순리(順理)는 하나님의 길(법)을 따름이요 역리는 그것을 거스름이다. 순천자(順天者)는 살아남고 역천자(逆天者)는 죽는다.

우상 숭배가 역리인 이상 그에 따르는 보응이 있게 마련이고, 그것이 곧 동성끼리 부끄러운 욕정을 불태우는 이른바 동성애라는 것이다. 사람들이 그 짓에 몰두한다는 사실 자체가 하나님을 등진 데 따르는 보응을 받고 있는 것이다.

그리고 이런 일들이 모두 하나님께서 그런 모양으로 버려두셨기 때문에 계속되고 있다는 얘긴데, 놀랍고 대담한 통찰이다.

또한 저희가 마음에 하나님 두기를 싫어하매 하나님께서 저희를 그 상실한 마음대로 내어버려두사 합당치 못한 일을 하게 하셨으니 곧 모든 불의, 추악, 탐욕, 악의가 가득한 자요 시기, 살인, 분쟁, 사기, 악독이 가득한 자요 수군수군하는 자요 비방하는 자요 하나님의 미워하시는 자요 능욕하는 자요 교만한 자요 자랑하는 자요 악을 도모하는 자요 부모를 거역하는 자요 우매한 자요 배약하는 자요 무정한 자요 무자비한 자라
1 : 28 ~ 31

문맥으로 보아 "하나님의 미워하시는 자"는 '하나님을 미워하는 자'로 읽는 게 옳겠다.

온갖 고약한 것들이 모두 열거된 듯하다. 그런데 그것들 모두가 한 구멍에서 나왔다. 씨앗 하나가 떨어져 많은 결실을 보는 이치는 농부가 밭에 밀을 심는 따위의 선한 일에만 통하는 게 아니다. 이른바 악도 같은 이치로 열매를 맺는다. 하나에서 여럿이 나오고 여럿은 하나로 돌아간다.

이 모든 고약한 것들을 인간 세상에 내어놓는 그 '하나'란 무엇인가? '마음에 하나님 두기를 싫어함'이 그것이다.

마음에 하나님 두기를 싫어한다는 말은 무슨 뜻인가? 본문을 곧이곧대로 읽자면 '하나님 인정하기를 거절함'이 된다.(한국천주교회200주년기념신약성서, 「로마서」, 박영식 옮김) 『예루살렘 성경』은 "하나님을 아는 것이 순리임을 거절함"으로 읽는다. 그래서 하나님은 그들을 "그들 자신의 역리적 관념과 터무니없는 행실에 버려두셨다." 여기 행실은 어쩌다가 하게 된 행실이 아니라 습관으로 굳어져버린 행실이다.

사람이 하나님을 아는 것 자체가 바로 순리이다. 하나님께서 사람을 '당신을 향한 존재'(아우구스틴)로 만드셨기 때문이다. 사람이 하나님을 모르는 것은 역리이다. 사람은 사람이기에 본디

하나님을 알게 돼 있고 그것이 이치에 맞다. 그러므로 어떤 사람이 "나는 하나님을 모른다"고 말한다면 그것은 자기가 지금 순리를 거절하고 있다는 고백일 뿐이다.

사람에게는 하늘이 내리는 명(命)에 순종하거나 불순종할 자유가 있다. 그래서 사람이다. 하늘이 내리는 명〔天命〕을 성(性)이라고 하는데, 그것을 따라서 살면 그게 곧 '길'〔道〕이다. "나는 길이다" 하신 예수님의 말씀은 "나는 언제나 한결같이 천명(天命)을 좇아서 산다"는 말씀이다. 성(性)을 거스르면 부도(不道)가 되고, "부도조이(不道早已)라"(『老子』, 30장), 금방 끝장이 나고 만다.

하나님은 당신 알기를 거절하는 자유, 곧 천명을 거역하는 자유를 행사한 인간을 어떻게 하셨는가? 그냥 내버려두셨다. 그들을 자신의 "타락한 마음과 해서는 안 될 짓"(표준새번역)에 버려두고 만 것이다. 그렇게 하여 그들은 온갖 합당치 못한 행실의 주인공이 되었다.

자, 오늘 그들은 과연 누군가? 눈을 들어 딴 데 볼 것 없다. 수군수군하는 자, 비방하는 자, (남을) 능욕하는 자, (스스로) 자랑하는 자, 우매한 자, 약속을 어기는 자, 무정한 자, 무자비한 자 …… 바로 우리가 그들 아닌가?

저희가 이 같은 일을 행하는 자는 사형에 해당하다고 하나님의 정하심을 알고도 자기들만 행할 뿐 아니라 또한 그 일을 행하는 자를 옳다 하느니라 1 : 32

사람들이 하늘을 거슬러 '합당치 못한 일'을 마구 행함은 법이 없어서가 아니다. 법을 몰라서도 아니다. 도둑질을 하면 안 된다는 사실을 모르고 남의 것을 훔치는 도둑이 있을까?

원인이 딴 데 있는 것을, 자꾸 새로운 법을 만들어서 막아보려고 하니 그 꼴이 마치 터진 논두렁을 바깥쪽에서 막으려는 것과 같다. 아무리 애를 써도 결국 헛수고일 뿐이다.

"대도(大道)가 폐(廢)하여 인의(仁義)가 있게 되었다"(『老子』, 18장)고 했다. 인의라고 하면 최고의 덕목이다. 그런데 인의(仁義)가 있다는 말은 이미 어딘가에 불인(不仁)과 불의(不義)가 있다는 말이다. 어둠이 없다면 우리는 빛이라는 게 무엇인지 끝내 몰랐을 것이다. 따라서 "대도가 폐하니 인의가 있게 되었다"는 말은 "대도가 폐하니 불의와 불인이 있게 되었다"는 말과 똑같은 말이다.

문제는 대도가 폐한 데 있다. 하나님의 명(命)에 오로지 복종하는 '큰 길'이 무너졌다. 사람들이 마음에 하나님 모시기를 싫어한다. 법이 무슨 소용이며 제도는 또 무엇인가? 대들보가 무너졌는데 서까래를 손봐서 어디에 쓸 참인가?

심은 대로 거두리라

제자가 스승을 믿는다면 스승의 말씀을 그대로 따름이 마땅한 일이다. 스승이 비록 납득되지 않는 명령을 내린다 해도 이의(異議) 없이 복종하는 게 제자의 도리다. 그렇다면?

우리가 과연 예수님을 믿고 따르는 신자요 제자일진대 적어도 해서는 안 될 일이 한 가지 있다. 남을 판단하는 일이 그것이다. 이 일은 예수님이 분명하게 "하지 말라"고 하셨으니 하지 말아야 한다. 여기에 무슨 예외가 있을 수 없다. 하지 말라고 하신 것은 하지 말 일이다. 그뿐이다.

그런데 그것이 얼마나 어려운 일인가? 남을 판단하지 않는 일이야말로 우리가 세상에 살면서 가장 하기 어려운 일들 가운데 하나일 것이다.

바울이 "남을 판단하는 사람아"라고 부를 때에 누구를 부른 것이었을까? 우선 생각나는 대상은 이방인을 하나님한테서 멀리 떨어져 있는 죄인으로 쉽게 판단하는 유대인이다. 그러나 좀더 자세히 살펴보면 비단 유대인뿐만 아니라 오히려 지상에 생존하는 모든 인간을 그렇게 부르고 있다는 사실을 알게 된다.

어떤 사람이 누구를 판단한다면 그는 이미 자신 또는 자기가 지니고(알고) 있는 무엇을 '기준'으로 세웠다는 얘긴데, 그 기준이라는 것이 결코 참된 기준일 수 없기에 그의 판단도 근거 없는 헛소리에 지나지 않는다는 것이 바울의 논리라면 논리다.

그러므로 남을 판단하는 사람아 무론 누구든지 네가 핑계치 못할 것은 남을 판단하는 것으로 네가 너를 정죄함이니 판단하는 네가 같은 일을 행함이니라 2: 1

무명(無明)이란, 인간이 "이것은 이것이다" 하고 독선적으로 확정 짓는 것이다.

인간이 전지전능하지 못하다는 사실은 누구보다도 인간이 잘 안다. 그러면서도 무엇에 대하여 또는 누구에 대하여 "이는 이렇다" 하고 단정을 내린다면 바로 그것이 인간의 무지다.

그럼에도 불구하고 너는 반드시 누군가를 "아무개는 이러하다 또는 저러하다"고 판정을 내려야만 하겠는가? 그렇다면 이것을 알아두라. 너는 같은 판정을 너 자신에게 내리고 있는 것이다. 왜냐하면 너와 네가 판단하고 있는 아무개는 본질상 조금도 다를 바 없는 존재인 까닭이다. 이렇게 바울은 "남을 판단하지 말라"는 스승 예수의 가르침을 현실에서 너무나도 쉽게 거스르고 있는, 자칭 그리스도의 제자들에게(곧 우리에게) 그들을 반박하기 위한 포문을 연다.

진리에 대해서라면 에둘러 말하는 법을 모르는 바울의 단호하고 명쾌한 태도가 유감없이 드러난다. 처음부터 상대의 가슴에 비수를 꽂는 격이다.

이런 일을 행하는 자에게 하나님의 판단이 진리대로 되는 줄 우리가 아노라 이런 일을 행하는 자를 판단하고도 같은 일을 행하는 사람아 네가 하나님의 판단을 피할 줄로 생각하느냐 혹 네가 하나님의 인자하심이 너를 인도하여 회개케 하심을 알지 못하여 그의 인자하심과 용납하심과 길이 참으심의 풍성함을 멸시하느뇨 2：2～4

자기도 똑같은 짓을 저지르면서 남을 판단하는 사람에게 바울은 묻는다. 네가 그러고도 하나님의 심판을 피할 줄로 아느냐? 어림없는 일이다. 하나님의 판단은 "진리대로 된다." 진리대로 된다는 말은 에누리 없이, 가차없이 그대로 된다는 뜻이다. 하나님의 심판은 봐주는 게 없다. 사실은 그래서 하나님의 심판이다. 천지불인(天地不仁)이라. 하늘과 땅은 (사사로운) 사랑을 베풀지 않는다고 했다.

혹시 예상보다 하나님의 심판이 더디다고 느껴지는 것은, 인간이 회개하기를 (스스로 정신차려 돌아오기를) 기다리는 자비로우신 마음 때문이다. 하나님의 심판은 없어진 것이 아니라 잠시 미루어졌을 뿐이다. 잘못 알지 말아라. 인과(因果)의 법칙에는 어김이 없다. 네가 뿌린 씨는 반드시 네가 거둔다.

다만 네 고집과 회개치 아니한 마음을 따라 진노의 날 곧 하

나님의 의로우신 판단이 나타나는 그날에 임할 진노를 네게 쌓는도다 2 : 5

고집! 세상에 고약한 것이 인간의 고집이다. 그것도 무지에서 나오는 고집이라니! 자기 딴에는 선한 일을 한다고 그러는 것이겠으나 그것이 오히려 하늘을 거스르는 짓인 경우가 인간 세상에 얼마나 비일비재인가? 예수님을 만나뵙기 전의 바울이 바로 그 고집쟁이였다. 그가 그리스도 예수를 핍박한 것은 오직 하나님의 법과 정의에 대한 고집 때문이었다.

그러기에 인간의 한계를 스스로 아는 성인(聖人)은 모든 일에 고집을 부리지 않는다. 공자(孔子)도 평소에 하지 않는 일 네 가지가 있었거니와 그 가운데 하나가 고집을 부리지 않는 것이었다.

"우리는 계획을 세우기는 하지만 항상 현재에 살지 내일에 대해서는 걱정하지 않으려고 합니다. 일 년 전에 계획을 세우는 사람도 있지만 우리는 그러지 않습니다. 그리고 계획하지 않은 것은 결코 손대지 않는 사람도 있는데 우리는 그렇게 하지 않습니다."

살아 있는 성녀(聖女)로 불리던 마더 데레사와 함께 일했던 카테리 수녀의 말이다. 요컨대 계획을 세우기는 하지만 그것을 고집하지 않는다는 얘기다. 다른 수녀 데레지나는 이렇게 말한다.

"일이 수월하게 풀리면 하나님의 때이고 그렇지 않으면 하나님의 때가 아니라고 생각하면 됩니다."

우리에게 필요한 것은 물론 선한 의지다. 그러나 그보다 더욱 필요한 것은 그 선한 의지를 고집하지 않는 태도다. 내가 무슨 선행을 하고 있다고 생각하는 그 '마음' 을 비우지 않고서는 선행이 곧장 악업(惡業)으로 바뀌는 것을 피할 길이 없다.

그 일이 어떤 일이든 인간이 그 일에 고집을 부림은 하나님을 뒷전에 둠이요 따라서 그 일이 어떤 일이든 결과는 "하나님의 의로우신 판단이 나타나는 날에 임할 진노를" 자기 몸에 쌓는 것이다. 하나님의 일보다 먼저 사람의 일을 생각(고집)하는 것은 그것이 아무리 선의에서 나온 것이라 해도 '사탄' 의 행위로 되고 말기 때문이다.(「막」 8: 33)

하나님께서 각 사람에게 그 행한 대로 보응하시되 참고 선을 행하여 영광과 존귀와 썩지 아니함을 구하는 자에게는 영생으로 하시고 오직 당을 지어 진리를 좇지 아니하고 불의를 좇는 자에게는 노와 분으로 하시리라 2: 6~8

선을 행하고 '영광과 존귀와 썩지 아니함' 곧 하나님께 속한 것을 구하는 데는 '참음' 이 필요하다. 진리를 거슬러 불의를 좇는 데는 '당' (黨)이 필요하다. 진리를 구하는 사람은 대중 속에 있으면서 '무소의 뿔처럼' 혼자서 걸어야 한다. 모세도 엘리야도 싯다르타도 간디도 무리에 섞인 몸으로 혼자일 수 있었던 분들이다.

그리고, 사람은 심은 대로 거둔다. 달리 말하면 하나님께서 그의 행실대로 갚으신다. 그래서 조금도 어긋남이 없다. 이 사실은 사람에 따라서 두려움일 수도 있고 고마움일 수도 있다. 어느 쪽이냐를 결정짓는 것은 본인 자신이다.

각 사람에게 내리는 심판

하나님께서 각 사람에게 "그 행한 대로" 갚아주신다고 했다. 그가 한 말이나 생각에 따라 갚아주시는 게 아니라 그의 행실대로 갚아주신다. 그런데 이 말을 잘 새겨들어야 한다.

"나더러 주여 주여 하는 자마다 천국에 다 들어갈 것이 아니요 다만 하늘에 계신 내 아버지의 뜻대로 행하는 자라야 들어가리라."(「마」 7: 21) 이렇게 말씀하신 예수님은 또 다음과 같은 말씀도 하셨다. "두 여자가 매를 갈고 있으매 하나는 데려감을 당하고 하나는 버려둠을 당할 것이니라."(「마」 24: 41)

하나님은 인간의 행실을 보시는데 겉으로 나타난 형태를 보시지 않고 속에 담긴 내용을 보신다. 예컨대 똑같이 안수 기도하여 병을 고쳤다 해도 그 기도를 '어떻게' 했느냐에 따라서 누구는 데려가고 누구는 버려둔다는 말씀이다. 오직 당신 뜻에 복종한 결과로 병을 고쳐준 사람과 당신 이름을 차용하여 자기가 나서서 병을 고쳐준 사람을 예수님은 똑같이 보시지 않는다.

"그날에 많은 사람이 나더러 이르되 주여 주여 우리가 주의 이름으로 선지자 노릇하며 주의 이름으로 귀신을 쫓아내며 주의 이름으로 많은 권능을 행치 아니하였나이까 하리니 그때에 내가 저희에게 밝히 말하되 내가 너희를 도무지 알지 못하니 불법을 행하는 자들아 내게서 떠나가라 하리라"(「마」7 : 22~23)

과연 서릿발 같은 말씀이다. 오늘도 '예수 이름으로' 이런저런 일을 많이 하여 혁혁한 공적을 쌓는 자칭 타칭 '유능한 주의 종님' 들께서는 늦기 전에 자신을 이 말씀의 거울에 비쳐보는 게 좋을 것이다.

만일 자신의 행위 속에 사심이 조금이라도 섞여 있다면 "내가 너를 도무지 알지 못하니 내게서 떠나라"는 말씀을 듣게 되지 않도록 돌이켜야 할 것이다. 자신의 행위에 사심이 들어 있는지 여부를 알아보는 방법은 어렵지 않다. 예를 들어 어떤 병자를 위해 열심히 기도해서 그의 병이 나았는데 그에게서 사례는커녕 고맙다는 인사도 듣지 못했다 하자. 그럴 경우에 조금도 서운한 마음이 없다면 사심이 없었다는 증거가 되고 섭섭한 마음이 든다면 그만큼 사심이 있었다는 증거가 된다. 예수님 이름으로 좋은 일 한다는 게 그렇게 쉬운 일이 아니다.

악을 행하는 각 사람의 영에게 환난과 곤고가 있으리니 첫째는 유대인에게요 또한 헬라인에게며 선을 행하는 각 사람에게는 영광과 존귀와 평강이 있으리니 첫째는 유대인에게요 또한 헬라인에게라 이는 하나님께서 외모로 사람을 취하지 아니하심이니라 2 : 9~11

심판은 "각 사람에게" 내린다. 태어날 때 홀몸으로 태어났듯이 사람은 죽을 때에도 혼자서 죽는다. 그리고 심판도 홀로 받는다. 무리가 도거리로 한꺼번에 심판받는 경우는 없다.

콩 심은 자 콩을 거두고 팥 심은 자 팥을 거둔다. 에누리 없다. 악을 행한 자에게는 환난과 곤고가, 선을 행한 자에게는 영광과 존귀와 평강이 임한다. 그러나 현실은 그와 반대 아니냐고, 선한 자에게는 환난과 곤고가 있고, 악한 자에게 오히려 영광과 존귀가 있지 않느냐고, 그렇게 묻는가?

지상에서 누리는 '80년 인생' 이 전부라면 과연 그렇게 물을 만하다. 그러나 우리에게 '80년 인생' 이 과연 전부인가? 그렇다고 생각하면 그리스도인이 될 수 없다. 우리에게는 저마다 세상에 태어나기 전의 '나' 가 있고(「렘」1:5) 육신의 죽음으로 단절되지 않는 영생이 있다. 그것을 믿는 사람이 그리스도인이다. 그러니 현실에서 악한 자들이 잘 살아가는 듯이 보이는 것은 다만 그렇게 보일 따름이다. 그나마도 지극히 짧은 순간에 나타나 보이는 환영(幻影)에 지나지 않는다. 선한 행실은 선한 열매를 맺고, 악한 행실은 악한 열매를 맺는다. 만고불변의 이치다.

그리고 하나님의 심판은 사람을 가려서 선택적으로 임하지 않는다. 유대인도 헬라인(모든 이방인을 대표하는)도 하나님의 심판대 앞에서는 구분되지 않는다. 하나님은 사람을 외모로 취하시지 않기 때문이다. 이 말은, 하나님께는 편애가 없다는 말이다. 하늘은 사물을 가려서 덮지 않는다.(天無和覆) 하나님의 심판대 앞에서 각 사람은 그냥 사람일 뿐이다. 민족, 혈통, 계급, 지위, 경력 등 지상에서 인간을 차별하는 데 쓰이던 온갖 찌지(labels)들이 그분 앞에서는 무용지물이다.

무릇 율법 없이 범죄한 자는 또한 율법 없이 망하고 무릇 율법이 있고 범죄한 자는 율법으로 말미암아 심판을 받으리라
2: 12

하나님의 심판대 앞에서는 유대인과 헬라인이 차별되지 않는다는 앞 절을 반복·보완한다. 유대인은 '율법 있는 사람'이고 헬라인은 '율법 없는 사람'이다. 여기서 말하는 율법이란 물론 '모세법'이다.

사람이 그 행실대로 갚음을 받게 된다는 것은 천하 모든 인간에게 차별 없이 내리는 햇빛처럼 지공무사(至公無私)한 하나님의 법이다. 사람들이 '모세법'을 어겨서 살인도 하고 우상 숭배도 하지만 그러면 거기에 해당되는 벌을 받는다는 무상(無上)의 법까지 어기지는 못한다. 하나님의 법 앞에서 인간이 제정한 법은 무효다. 그러므로 사람이 그 행실에 따라 보응받는 하나님의 심판대 앞에서는 그가 유대인이냐 헬라인이냐, 율법을 알았느냐 몰랐느냐, 그가 그리스도인이냐 모슬렘이냐, 원시인이냐 문명인이냐, 어른이냐 어린이냐 따위가 문제되지 않는다.

심판하시는 하나님 앞에서 인간은 그가 지상에 살고 있을 때 몸에 붙이고 다니던 모든 찌지들을 떼고 벌거숭이 알몸으로 서야 하기 때문이다.

하나님 앞에서는 율법을 듣는 자가 의인이 아니요 오직 율법을 행하는 자라야 의롭다 하심을 얻으리니 (율법 없는 이방인이 본성으로 율법의 일을 행할 때는 이 사람은 율법이 없어도 자기가 자기에게 율법이 되나니 이런 이들은 그 양심이 증거가 되어 그 생각들이 서로 혹은 송사하며 혹은 변명하여 그 마음에 새긴 율법의 행위를 나타내느니라) 2: 13~15

강도 만나 죽어가는 사람을 보았을 때 어떻게든지 그를 보살펴주어야 한다는 것은, 그 경우에 해당된 무슨 법조문이 따로 있든 없든 그것을 알고 있든 모르고 있든 사람의 양심에 새겨져 있는 하늘의 명령〔天命〕이다. 예수님의 비유에 나오는 제사장과 레위인은 그 명(命)을 알면서 따르지 않았고 사마리아인은 그대로 했다. 그뿐이다.

하나님께서 인간을 심판하실 때 조사하실 내용은 그가 인간이 만든 어떤 법을 지켰느냐 어겼느냐가 아니라 당신의 법을 지켰느냐 어겼느냐다. 그리고 그것을 알았느냐 몰랐느냐도 아니다.

하나님의 법은 사람이 태어나기도 전에 이미 그의 양심에 새겨져 있다. 따라서 나는 그것이 하나님 법을 어기는 것인 줄 몰랐다는 변명은, 그가 유대인이든 이방인이든, 통하지 않는다.

곧 내 복음에 이른 바와 같이 하나님이 예수 그리스도로 말미암아 사람들의 은밀한 것을 심판하시는 그날이라 2: 16

'내 복음' 은 '내가 전한 복음' 이다. 그날에는 사람들이 비밀로 감추었던 모든 행실이 다 드러난다. 모든 어둠을 밝히는 엄청난 빛 앞에서 아무도 숨지 못한다.

그날 그 두려운 빛을 감당할 길은 지금 여기에서 '빛 가운데' 살아가는 수밖에 다른 방법이 없다.

사람만이 희망이다

유대인이나 이방인 모두가 하나님의 공정한 심판대 아래에 있음을 말하고 나서 유대인을 자처하는 자들에게, 이방인과 달리 '율법'을 알고 있다는 사실이 그들을 참 유대인으로 만들어주는 것은 아님을 논증한다.

율법을 머리로 아는 것은 문제도 해답도 아니다. 그것을 마음에 새기고 몸으로 살아내는 것이 문제요 해답이다.

유대인이라 칭하는 네가 율법을 의지하며 하나님을 자랑하며 율법의 교훈을 받아 하나님의 뜻을 알고 지극히 선한 것을 좋게 여기며 네가 율법에 있는 지식과 진리의 규모를 가진 자로서 소경의 길을 인도하는 자요 어두움에 있는 자의 빛이요 어리석은 자의 훈도요 어린아이의 선생이라고 스스로 믿으니 2: 17~20

남한테 선생 노릇하는 것을 좋아하는 데 탈이 있다(人之患在好爲人師)고 했다.(『孟子』) 예수께서 큰 스승이 되시어 많은 제자를 가르치신 것은 당신 스스로 그리 하신 것이 아니었다. 그분이 세상에 오신 것 자체가 당신 뜻대로 오신 것이 아니고 아버지께서 보내셔서 오신 것이다.(「요」 8: 42) 그러므로 그분은 당신 입으로 말씀하신다. "[너희는 내가 죽은 뒤에야] 내가 스스로 아무것도 하지 아니하고 오직 아버지께서 가르치신 대로 이런 것을 말하는 줄도 알리라."(「요」 8: 28)

사람들 병을 고쳐주신 것도 마지못해서였고 가나 마을에서 기적을 이루신 것도 마지못해서였고 십자가를 지신 것도 마지못해서였다. 과연 성인(聖人)은 일이 닥치매 마지못해서 응한다는 옛말이 옳음을, 예수를 보아 알 수 있다. 그분은 아버지께서 일하시기에 그분과 함께 일을 했지만 한 번도 아버지를 앞지르신 적이 없다. 도(道)를 모시고 살되 결코 도에 앞서지 않는 것이 모든 성인의 한결같은 자세다.

그런데 여기 유대인을 자처하는 자들. 참으로 뻔뻔스럽게 자기의 자기를 내세우는구나. 우리는 율법을 의지하고 하나님을 자랑하고 그분의 뜻을 알고 율법을 배워서 사리 분별도 잘하고 눈먼 자들에게는 길잡이요 어둠 속을 헤매는 자들에게는 빛이요 무식한 자들의 지도자요 철부지의 스승이라!

나야말로 유능한 사람이니 다른 후보말고 나를 뽑아달라고 외쳐대는 인간들이 한동안 나라를 어지럽게 하더니, 모두 이 대단한 '유대인들'의 후예였던가? "스스로 드러내는 자는 밝지 못하고 스스로 옳다는 자는 빛나지 않고 스스로 자랑하는 자는 공(功)이 없고 스스로 으스대는 자는 우두머리가 되지 못한다"고 했다.(『老子』, 24장) 무슨 긴 말이 필요하랴? 스스로 잘났다고 뽑

내는 놈치고 과연 잘난 놈을 나는 아직 보지 못했다.

하기는 요즘 같은 난세에 정치하겠다고 나서는 자들에게 자기를 낮추라고 요구하는 것은 무리일는지 모르겠다. 좋다. 그러나 하나님을 섬기고 예수를 모신다는 종교인들까지 스스로 나서서 자기가 최고라고 떠들어대는 것은 해도 너무하지 않은가? 사양하고 사양하다가 정말로 마지못해서 총회장이건 감독이건 그 자리에 앉는 사람을 내 생전에 하나라도 보게 된다면, 이 시대를 목사라는 이름으로 살다 가는 것이 덜 부끄럽겠건만.

그러면 다른 사람을 가르치는 네가 네 자신을 가르치지 아니하느냐 도적질 말라 반포(頒布)하는 네가 도적질하느냐 간음하지 말라 말하는 네가 간음하느냐 우상을 가증히 여기는 네가 신사(神祀) 물건을 도적질하느냐 율법을 자랑하는 네가 율법을 범함으로 하나님을 욕되게 하느냐 기록된 바와 같이 하나님의 이름이 너희로 인하여 이방인 중에서 모독을 받는도다 2 : 21 ~ 24

원문에는 없지만 각 문장 앞에 '왜' 또는 '어째서' 라는 의문사를 넣어서 읽는 것이 좋겠다.

그러나 바울이 이렇게 질문 형식으로 쓴 것은 그들이 그러는 까닭을 정말 몰라서였을까? 아닐 것이다. 그렇다면 바울은 지금 질문을 하고 있는 게 아니라 꾸짖고 있는 것이다. 스스로 지도자, 스승을 자처하고 있는 것만 보아도 그들의 행실이 어떠할 것인지

쉽게 짐작할 수 있다. 굳이 가을을 기다려 열매를 보고 나서야 나무를 알 수 있는 것은 아니잖는가?

세상이 열두 번 곤두박질해도 변하지 않을 사실이 하나 있거니와, 스스로 나서서 지도자를 자처하는 지도자는 참 지도자가 아니라는 사실이 그것이다.

마지못해 앞장을 서게 된 뒤에 "나를 따르라"고 분명히 말하는 것은 질이 다른 얘기다. 죄인의 괴수를 자처한 바울도 같은 입으로 "나를 본받으라"고 당당하게 말했다.

네가 율법을 행한즉 할례가 유익하나 만일 율법을 범한즉 네 할례가 무할례가 되었느니라 2: 25

법 이전에 범법(犯法)이 있었다. 간음하지 말라는 법이 만들어지기 전에 이미 사람들이 간음을 하고 있었다는 얘기다. 법보다 더 뿌리 깊은 범법을 법으로 다스린다는 것이 처음부터 안 될 말이었다. 그런데도 법을 만든 것은, 가장 좋은 길을 잃었기에 그 길을 되찾을 때까지 한시적으로 차선(次善)의 길을 택한 것이다. 범법을 전제로 존속하는 법을 인간이 완전히 지킨다는 것은 불가능한 일이다.

유대인 사내아이는 법에 할례(割禮)를 받도록 되어 있다. 따라서 할례를 받았다거나 베풀었다는 말은 법을 지켰다는 말이 된다. 그러나 할례를 받는 것이 곧 율법을 지키는 것은 아니다. 할례말고도 헤아릴 수 없이 많은 규정들이 법조문에 들어 있고 '하나' 를 어긴 것은 '모두' 를 어긴 것이기 때문이다.

법이 있는 한 인간은 범법자로 살지 않을 수 없다. 그러면 어떻게 할 것인가? 법을 더욱 강화할 것인가? 아니면 차라리 법을 없앨 것인가? 둘 다 해결책은 아니다.

사람이 거듭나는 것, 그래서 잃었던 가장 좋은 길을 되찾는 것, 희망은 거기에 있다. 참으로 사람만이 희망인 것이다.

그런즉 무할례자가 율법의 제도를 지키면 그 무할례를 할례와 같이 여길 것이 아니냐 또한 본래 무할례자가 율법을 온전히 지키면 의문(儀文)과 할례를 가지고 율법을 범하는 너를 판단치 아니하겠느냐 대저 표면적 유대인이 유대인이 아니요 표면적 육신의 할례가 할례가 아니라 오직 이면적 유대인이 유대인이며 할례는 마음에 할지니 신령에 있고 의문에 있지 아니한 것이라 그 칭찬이 사람에게서가 아니요 다만 하나님에게서니라 2：26～29

법을 어기는 사람에서 법을 지키는 사람으로가 아니라, 법을 지키는 사람에서 법 없이 사는 사람으로 거듭나야 한다. 그러려면 잃었던 '큰 길' (大道)을 다시 찾는 수밖에 없다. 예수님은 당신이 바로 그 길이라고 하셨다.

예수님이 몸소 보여주신 그 길은 죽는 자리까지 오직 하나님의 명령〔天命〕에 복종하는 길이었다.(「빌」 2：7～8)

사람이 만일 일용동정(日用動靜)에 자기 뜻을 비우고 다만 하나님의 뜻을 좇아서 살아간다면 그에게 무슨 법이 새삼 필요하랴? 그런 사람은 하나님의 칭찬을 받을 터인즉 따로 사람한테 인정받기를 기대할 이유 또한 없으니 그것을 가리켜 진정 '자유로운 삶' 이라고 말할 수 있겠다.

착각은 궤변을 낳고

사람의 말이란 진실의 반쪽을 옮길 뿐이다. 말하는 사람도 듣는 사람도 이 점을 염두에 두어야 한다.

율법과 할례가 상대적인 것이라는 바울의 논증은 그러니 그것들이 무가치한 것이라는 말인가? 인간 언어의 한계를 염두에 두지 않고 들으면 그렇게 오해할 수도 있다. 그런 오해를 미리 막는 방법은 번거롭더라도 다른 반쪽 진실을 마저 말하는 것이다. 그러다가 경우에 따라서는 한 입으로 상반된 말을 한다는 비판을 받을 수도 있지만 어쩔 수 없는 일이다. 진실은 그것이 무엇에 관한 진실이든 정(正)과 반(反)을 함께 지니고 있기 때문이다.

그런즉 유대인의 나음이 무엇이며 할례의 유익이 무엇이뇨 범사에 많으니 첫째는 저희가 하나님의 말씀을 맡았음이니라 3 : 1~2

그렇다면 표면적 유대인이 유대인이 아니라면, 이방인보다 나은 점이 유대인에게 없단 말인가? 또 표면적 육신의 할례가 할례가 아니라면, 할례의 유익함이 없단 말인가?

이와 같은 가상(假想) 질문에 바울은 분명히 대답한다.

그렇지 않다. 유대인에게는 이방인에 견주어 유리한 점이 있고 할례에도 유익이 있다. 있어도 아주 많이 있다. 그 많은 것들 가운데서 우선 한 가지를 든다면, 유대인에게 하나님의 말씀이 맡겨졌다는 점이다. 여기, '하나님의 말씀'을, 모세가 하나님에게서 받아 이스라엘에 전해 준 '율법'을 가리키는 것으로 읽는다.

"오늘 내가 너희에게 선포하는 이 율법과 같이 그 규례와 법도가 공의로운 큰 나라가 어디 있느냐."(「신」4: 8)

하나님께서 여러 민족 가운데 유대 민족을 뽑아 그들에게 당신의 말씀(법)을 주셨다는 사실 하나만으로도 유대인에게는 이방인들이 지니지 못한 특권이 있는 것이다. 물론 그 특권을 제대로 누리며 잘 간수했느냐는 다른 문제다.

어떤 자들이 믿지 아니하였으면 어찌하리요 그 믿지 아니함이 하나님의 미쁘심을 폐하겠느뇨 그럴 수 없느니라 사람은 다 거짓되되 오직 하나님은 참되시다 할지어다 기록된 바 주께서 주의 말씀에 의롭다 함을 얻으시고 판단받으실 때에 이기려 하심이라 함과 같으니라 3: 3~4

유대인들 가운데는 하나님께서 특별히 주신 특권을 잘 간수하지 못한 자들이 있었다. 그들은 자기네 혈통에서 난 하나님의 말씀, 예수 그리스도를 믿지 않았다. 그래서 그를 십자가에 못 박았다.

이렇게 유대인들 가운데 '어떤 자들' 이 하나님(의 말씀)을 불신했지만, 그것이 하나님의 미쁘심에 영향을 미치지는 못했다. 인간이 등불을 아무리 밝혀도 그것으로 햇빛을 더 밝게 할 수는 없다. 참 사랑은 상대가 어떻게 반응하느냐에 따라서 이랬다저랬다 하지 않는다. 참된 믿음도 그렇다. 믿으면 믿는다. 그뿐이다.

"착한 자를 나는 착하게 대한다. 착하지 않은 자 또한 나는 착하게 대한다. 덕(德)은 착함이기에. 믿는 자를 나는 믿는다. 믿지 않는 자 또한 나는 믿는다. 덕(德)은 믿음이기에."(『老子』, 49장)

인간이 이랬다저랬다 한다고 따라서 이랬다저랬다 한다면 하나님이 아니다. 하나님은 그만두고 성인(聖人)도 못 된다. 인간이 거짓을 꾸민다고 따라서 속임수를 쓴다면 하나님이 아니다. 하나님은 그만두고 군자(君子)도 못 된다.

"하나님은 사랑이시다." 이 말은 참으로 엄청난 말씀이다. 사랑은 대상을 차별하지 않는다. 사랑은 모든 것에 한결같이 최선(最善)을 베푼다. 차선(次善)이라는 것을 모른다. '가장 좋은 것' 이 아니면 주지 않는다. 아니, 주지 못한다. 가장 좋은 것을 두고 덜 좋은 것을 준다면, 사랑이 아니다. 사랑에는 '덜 좋은 것' 이 없기 때문이다.

그래서 하나님은 언제나 옳으시고 반드시 의로우시다. 내 몸에 닥치는 온갖 고약한 일들도 그 속 깊은 곳에는 하나님의 사랑이 베푸시는 '가장 좋은 선물' 이 들어 있다. 이 사실을 믿어야 한다. 믿으면 믿는 대로 된다. 누구도 하나님이 주시지 않은 것을 받을 수 없다.

한치 앞도 내다보지 못하는 눈으로 내게 닥치는 것들을 취사 선택하여 이것은 환영하고 저것은 거절하면서 입술로는 하나님을 믿노라 고백하니 얼마나 한심한 우리 모습인가? 예방 주사 맞지 않겠다고 울어대는 아이들만 철부지가 아니다.

사람이 믿거나 말거나 하나님은 미쁘신 분이시다. 사람이 속이거나 말거나 하나님은 참되신 분이시다.

그러나 우리 불의(不義)가 하나님의 의(義)를 드러나게 하면 무슨 말 하리요 내가 사람의 말하는 대로 말하노니 진노를 내리시는 하나님이 불의하시냐 결코 그렇지 아니하니라 만일 그러하면 하나님께서 어찌 세상을 심판하시리요 3: 5~6

하나님의 의가 인간의 불의로 말미암아 드러나는가? 밤하늘 별들이 어둠으로 말미암아 드러나듯이. 그렇다고 대답한다면 그것은 '사람의 말하는 대로' 하는 말이다. 진리와 거리가 멀다.

사람은 빛을 볼 수 있는가? 날마다 빛 속에서 살지만 사람은 빛을 보지 못한다. 총알 속도도 따라잡지 못하는 눈으로 어찌 빛의 속도를 따라잡는단 말인가?

사람은 하나님의 의로 말미암아 그 속에서 살지만 하나님의 의를 안다고 말해서는 안 된다. 하나님의 의는 그만두고 인간의 의에 대해서도, '이것이 그것이다' 하고 정의 내릴 사람이 과연 있는가?

이것이 저것으로 말미암아 드러난다는 말은 이것과 저것이 나란히 비교될 수 있는 것일 때에 비로소 가능하다. 하나님의 의가 인간의 의에 비견될 수 있는 그런 것일까? 이 질문에는 대답 자체가 불가능하다. 하나님의 의가 무엇인지, 그것을 알 인간이 없기 때문이다. 사람의 불의가 하나님의 의를 드러낸다는 말은 무식한 인간의 궤변에 지나지 않는다. 그 궤변이 당신의 의를 드러내준 인간의 불의에 진노하는 하나님은 옳지 않다는 다른 궤변을 낳는 것이다.

그러나 나의 거짓말로 하나님의 참되심이 더 풍성하여 그의 영광이 되었으면 어찌 나도 죄인처럼 심판을 받으리요 또는 그러면 선을 이루기 위하여 악을 행하자 하지 않겠느냐 (어떤 이들이 이렇게 비방하여 우리가 이런 말을 한다고 하니) 저희가 정죄받는 것이 옳으니라 3 : 7~8

한번 어긋난 화살은 멀리 갈수록 과녁에서 벗어난다. 궤변이 궤변을 낳더니 마침내 "선을 위하여 악을 행하자"는 말까지 나온다. 이 모두가 인간의 불의가 하나님의 의를 드러낸다는 착각의 결실이다.

죄 많은 곳에 은혜가 넘친다는 말은 옳다. 그러나 죄가 많기 때문에, 그래서 은혜가 넘치는 것은 아니다. 낮에 켠 촛불보다 밤에 켠 촛불이 더 밝게 보이는 것은 사실이다. 그러나 그것은 어디까지나 밝게 보이는 것일 뿐, 밤이기 때문에 촛불이 더 밝은 것은 아니다.

유대인은 하나님의 말씀을 맡았다. 그러나 그것을 제대로 지키지 못했다. 그러니 유익함을 얻었으나 유익할 것이 없다. 이것이 바울이 본 유대인의 현주소다.

사람은 모두 같다

유대인은 하나님에게서 율법을 위임받았다. 그것은 특전이었다. 그러나 그것을 제대로 지키지 못했다. 그래서 오히려 불의를 저지른 백성이 되었다. 그리스도 예수를 십자가에 못박아 죽인 것이다.

자, 그러니 유대인은 이방인보다 못한 존재인가? 이 질문에 그렇지 않다고 바울은 대답한다. 유대인이나 이방인이나 모두 같다는 것이다.

그러면 어떠하뇨 우리는 나으뇨 결코 아니라 유대인이나 헬라인이나 다 죄 아래 있다고 우리가 이미 선언하였느니라

3 : 9

"우리는 나으뇨?" 이 말을 수동태로 읽으면 "우리가 (저희로 말미암아) 능가되느냐?"가 된다. 우리가 저희보다 못하냐는 질문이다.

능동태로 읽어도 되고 수동태로 읽어도 된다. 왜냐하면 더 나으냐고 묻는 것이 더 못하냐고 묻는 것과 내용상 같은 질문이기

때문이다. 질문의 요점은 누가 더 나으냐 또는 못하냐에 있지 않고 서로 다를 바가 있느냐에 있다. 대답은 '없다' 이다. 유대인과 이방인이 나을 것도 못할 것도 없이 "죄 아래 있다"는 점에서 모두 같다.

말은 쉽지만 상황을 생각하면 담대하기 짝이 없는 발언이다. 양쪽에서 비난받을 각오가 되어 있지 않고서는 그렇게 말할 수 없었을 것이다. '그리스도교인' 이나 '힌두교인' 이나 모두 같다는 말 앞에 짐짓 서보면, 당시 바울의 선언이 얼마나 대담한 것이었는지 대충 짐작이 될 것이다.

그러나 자기 말에 사람들이 어떻게 반응할 것인지를 계산해 보고 거기에 따라서 말을 바꾼다면 그는 예수 이름으로 사람들 앞에 설 자격이 없다.

기록한 바 의인은 없나니 하나도 없으며 깨닫는 자도 없고 하나님을 찾는 자도 없고 다 치우쳐 한 가지로 무익하게 되고 선을 행하는 자는 없나니 하나도 없도다 저희 목구멍은 열린 무덤이요 그 혀로는 속임을 베풀며 그 입술에는 독사의 독이 있고 그 입에는 저주와 악독이 가득하고 그 발은 피 흘리는 데 빠른지라 파멸과 고생이 그 길에 있어 평강의 길을 알지 못하였고 저희 눈 앞에 하나님을 두려워함이 없느니라 함과 같으니라 3: 10~18

사람은 사람이기에 어쩔 수 없이 사람이다. 옹기장이와 옹기가 흙에서 서로 만나지만 그릇은 그릇이고 사람은 사람이듯이, 하나님 앞에서는 아무리 깨끗한 사람이라도 흠 있는 피조물에 지나지 않는다. 수정이 아무리 맑아도 허공처럼 맑지는 못한 것과 같다.

사람의 불의를 묘사하기 위한 인용이 다소 과장된 느낌을 주기는 하지만 잘못된 말을 한 것은 아니다. 검댕이 전신에 묻었든 손바닥에만 묻었든 몸이 더럽혀진 점에서는 똑같다.

우리가 알거니와 무릇 율법이 말하는 바는 율법 아래 있는 자들에게 말하는 것이니 이는 모든 입을 막고 온 세상으로 하나님의 심판 아래 있게 하려 함이니라 그러므로 율법의 행위로 그의 앞에 의롭다 하심을 얻을 육체가 없나니 율법으로는 죄를 깨달음이니라 3 : 19 ~ 20

대한민국 영토 안에서는 대한민국 법을 벗어날 수 없다.

이 세상에 살고 있는 한 누구도 모세의 율법에서 벗어날 수 없다. 모세 율법은 비록 유대인들에게 위임되기는 했지만 온 세상 사람이 지켜야 할 하나님의 법이기 때문이다. 아무도 그 법에 이의(異議)를 붙일 수 없으며 따라서 하나님의 심판을 면제받지 못한다.

"하나님의 심판 아래 있다"는 말은 하나님께 유죄 판결을 받는다는 말과 같은 말이다. 하나님의 법에 걸리지 않는 사람이란 없기 때문이다. 사람의 드러난 행위만 보고 심판한다면 무죄 판결을 받을 사람이 없잖아 있겠지만, 감추어져 있는 속마음까지 심판할 경우에는 아무도 그 법망(法網)을 피할 수 없다. 음욕을 품는 것이 이미 간음이요 미워하는 것이 이미 살인일진대 누가 과연 나는 무죄라고 주장할 것인가?

율법이 사람을 의인으로 만들 수는 없다. 아무도 율법을 완전하게 지킬 수 없기 때문이다. 그렇다면 법은 왜 존재하는가? 무엇이 범죄인지를 알게 하려고 있는 것이다.

법의 기능은 범죄를 없애는 데 있지 않고(그것은 불가능이다) 범죄를 범죄로 알게 하는 데 있다. 그것이 율법의 역할이자 한계다.

이제는 율법 외에 하나님의 한 의(義)가 나타났으니 율법과 선지자들에게 증거를 받은 것이라 곧 예수 그리스도를 믿음으로 말미암아 모든 믿는 자에게 미치는 하나님의 의니 차별이 없느니라 3: 21~22

'율법과 선지자들'은 (구약)성경을 가리킨다. '하나님의 의'가 사람 몸을 입고 세상에 출현했으니 그가 바로 (구약)성경에 약속된 메시아 곧 예수시다. 그분은 '율법과 선지자들'의 증거를 받으셨으나 율법 바깥에 계시는 분이다. 율법의 지배를 받지 않는다는 말이다.

그분은 인간의 의나 불의에 영향받지 않는 하나님의 의를 당신 몸으로 완벽하게 체현(體現)하신 분이다. 그분의 삶과 죽음이 곧 하나님의 의였다. 그러기에 만일 누가 참으로 그분을 믿는다면 그도 하나님의 의에 격(格)할 것이다. '격(格)한다'는 말은 무엇을 알고 나아가 그것과 하나가 된다는 뜻이다.

모든 사람이 죄를 범하였으매 하나님의 영광에 이르지 못하더니 그리스도 예수 안에 있는 구속(救贖)으로 말미암아 하나님의 은혜로 값없이 의롭다 하심을 얻은 자 되었느니라

3: 23～24

"하나님은 사람에게 당신의 영광에 참여하는 특혜를 베푸셨지만 사람은 범죄로 영광을 결여했다. 영광은 하나님의 직접적 현존 속에 사는 자격, 자질을 뜻한다."(200주년신약성서)

아담의 범죄는 그가 인간이었기에 가능했을 것이다. 손발이 없는 나무는 온몸으로 비를 맞지만 사람은 우산을 만들어 비를 막는다. 인간의 '유능'(有能)이 하늘의 영광에 이르는 길을 스스로 막고 있는 것이다.

'예수 안에 있는 구속'이란 예수께서 이루신 속량을 뜻한다. 보상금을 주고 노예를 자유롭게 풀어주는 것이 속량이다. 하나님께서는 당신 아들을 속전(贖錢)으로 지불하시어 죄의 노예가 된 인간에게 자유를 주셨다. 노예가 자신을 속량하지는 못한다. 노예 아닌 누군가가 값을 지불해야 하는데 그럴 때 그것은 값없이 주고받는 은혜인 것이다.

이 예수를 하나님이 그의 피로 인하여 믿음으로 말미암는 화목 제물로 세우셨으니 이는 하나님께서 길이 참으시는 중에 전에 지은 죄를 간과하심으로 자기의 의로우심을 나타내려 하심이니 곧 이때에 자기의 의로우심을 나타내사 자기도 의로우시며 또한 예수 믿는 자를 의롭다 하려 하심이니라

3: 25~26

하나님께서, 인간을 위해서가 아니라 당신의 의를 위하여 하신 일이다. 여기에 인간은 '믿음' 을 통하여 참여할 수 있을 뿐이다. 참여하는 자는 의인으로 인정받아 하나님과 올바른 관계를 맺게 된다. 그것을 다른 말로 '구원' 이라 한다.

하나님께는 '바깥' 이 없다

사람이 죽게 된 운명에서 살아나는 것을 '구원' 이라 한다면 그 구원을 위하여 한 일 또는 할 수 있는 일이 있는가? 없다. 그런 것은 없다는 게 바울의 주장이다. 율법을 잘 지켜서 구원받는 것도 아니요 선행을 많이 해서 구원받는 것도 아니다.

그런즉 자랑할 데가 어디뇨 있을 수가 없느니라 무슨 법으로냐 행위로냐 아니라 오직 믿음의 법으로니라 그러므로 사람이 의롭다 하심을 얻는 것은 율법의 행위에 있지 않고 믿음으로 되는 줄 우리가 인정하노라 3 : 27~28

자랑하고자 하나 자랑거리가 없으니 자랑할 수가 없다. 겸손해서 자랑하지 않는 게 아니라 못하는 것이다.

바울은 율법을 지키는 '행위' 에 예수 믿는 '믿음' 을 대비시키고는 전자를 부인함으로써 후자를 인정한다.

"행위가 아니라 믿음", 이를테면 바울 신학의 중요한 명제인 셈인데, 이는 "인위(人爲)가 아니라 무위(無爲)"라는 말과 같다.

무위는 아무것도 하지 않는다는 말이 아니다. 오히려 모든 것을 한다는, 하지 않는 게 없다는, 그런 말이다. 모든 것을 하되, 인위 조작이 아니라 자연스레, 저절로, 또는 무심(無心)으로 한다는 말이다.

"나는 이교 철학자와 현자들이 쓴 책들, 그리고 구약과 신약 성경에 기록된 것들을 많이 읽었습니다. 나는 진지하게 온갖 노력을 기울여 최선의 덕(德)과 최상의 덕을 추구하였는데, 그 덕에 의해 인간은 하나님께 가장 가까이 다가갈 수 있으며, 그 덕을 통해 하나님이 인간을 창조하시기 이전, 곧 인간과 하나님이 분리되기 이전에 하나님께서 인간에 대해 가지셨던 형상(idea)에 가장 가까이 접근할 수 있습니다. 내가 아는 한에서, 나는 그 훌륭한 덕이 순수한 무심(無心, disinterest), 곧 피조물로부터의 초탈(超脫, detachment)이라는 사실을 발견합니다.…… 여러분들은 이렇게 물으실 것입니다. '이토록 차원 높은 무심이란 도대체 무엇인가?' 그 어떤 덧없는 애착이나 슬픔이나 명예나 비방이나 악에도 움직여지지 않는 마음이야말로 진정으로 무심에 이른 것입니다. 이는 미풍에 전혀 흔들림 없는 장대한 산과도 같습니다. 아무것에도 영향받지 않는 무심은 인간으로 하여금 하나님을 닮게 합니다."(마이스터 에크하르트, 「무심에 대하여」)

사람이 무심을 통하여 하나님을 닮게 되는 이유는 하나님이 무심으로 일하시는 분이기 때문이다. 그분께는 인위 조작이 없다. 예수도 물론 그러하셨다.

예수를 믿는 것은 그의 말씀(뜻)을 자기 몸으로 구현(具現, embody)하여 마침내 그와 일체(一體)로 되는 것이다. 예수 안에서 '나' (ego)가 완전히 죽어 없어지는 것이다. 내 뜻이나 계획 따위가 철저하게 부인되는 것이다.

믿음이란, "내가 믿나이다"라고 말하는 것이 아니라 "내가 믿나이다"라고 말하는 그 '나'가 믿는 대상 앞에서 완전히 비워져 마침내 그 대상과 일체로 되는 것이다.

하나님은 홀로 유대인의 하나님뿐이시뇨 또 이방인의 하나님은 아니시뇨 진실로 이방인의 하나님도 되시느니라 할례자도 믿음으로 말미암아 또는 무할례자도 믿음으로 말미암아 의롭다 하실 하나님은 한 분이시니라 3: 29~30

하나님에 관하여, 내가 하나님을 안다고 말할 수 있는 그런 사람은 없다. 토마스 아퀴노의 말대로 인간이 하나님에 대하여 가질 수 있는 마지막 또는 가장 높은 인식은, 그분이 누구인지를 모른다는 것이다. 사실은 그래서 하나님이다. 인간의 유한한 인식 능력으로 파악된다면 이미 그것은 하나님이 아니다.

하나님은 하나님이기에 한 분이시다. 아무도, 무엇도, 한 분이신 하나님을 벗어나지 못한다. 하나님께는 '바깥'이 없다. 그래서 하나님과 예수의 관계도 "아버지 안에 내가 있고 내 안에 아버지가 있는" 관계다. 서로 '안'에 있다. 하나님과 예수의 관계만 그런 것이 아니라, 이 글을 쓴 이 아무개와 이 글을 시방 읽고 있는 그대를 포함하여, 천지만물 모든 것이 하나님과 서로 '안'에 있는 관계다. 그대가 만일 그대 바깥에서 하나님을 찾고자 한다면 영원히 그분을 만나지 못할 것이다. 왜냐하면 하나님은 '안'에 계신 분이기 때문이다.

그래서 하나님은 인간 세상의 온갖 장벽을, 장벽으로 보이는 허상(虛像)을 무너뜨리신다. 그분께는 어떤 장벽도 있을 수 없다. 유대인도 없고 이방인도 없다. 인종도 없고 계급도 없고 종교도 없다. 하나님의 세계는 달마의 말을 빌리면, 확연무성(廓然無聖) 곧 탁 트여 거칠 것이 없으며 따로 성(聖)스런 것이 없는, 그런 세계다.

다만 인간이 이런저런 경계를 만들고 장벽을 세울 뿐이다. 예수님은 그런 것이 처음부터 존재하지 않는다는 진실을 당신 몸으로 보여주고 가르치신 분이다. 누구든지 그분 말씀을 믿고 가르침을 따르면 그에게도 예수님처럼 인간과 인간 사이의 장벽은 물론이요 하나님과 인간 사이의 장벽도 무용지물이 된다. 그것을 가리켜 바울은 "믿음으로 말미암아 의롭다는 인정을 받는다"고 했다. 이 일에 어찌 할례자와 무할례자의 구분이 가당하겠는가?

길게 말할 것 없다. 예나 지금이나 땅을 내려다보는 자는 분별과 차별을 말하고 하늘을 바라보는 자는 일치와 통일을 말하는 법. 바울은 시방 로마에 보내는 편지를 쓰고 있지만, 그 눈은 한 순간도 하늘을 향하지 않는 때가 없다. 바울은 그런 사람이었다.

두 발로 땅을 딛고 살아가지만 하늘에 속한 사람이었다. 예수님을 만나기 전에는 그도 분별과 차별의 선두 주자였으나, 다메섹 도상에서 예수님을 만난 뒤로는 그에게서 모든 장벽이 사라졌던 것이다.

그런즉 우리가 믿음으로 말미암아 율법을 폐하느뇨 그럴 수 없느니라 도리어 율법을 굳게 세우느니라 3: 31

바울이 '믿음' 이라는 말을 쓸 때에는 언제나 그것이 예수 그리스도와 연결되어 있다는 사실을 기억해야 한다. 그의 '믿음' 은 추상 명사가 아니다. 그것은 예수님을 믿는 믿음이고, 좀더 자세히 말하면, 예수님 말씀(뜻)대로 살아가는 구체적 삶이다.

예수님은 이 땅에 수많은 (이스라엘) 백성을 넘어뜨리기도 하고 일으켜세우기도 할 분(「눅」 2: 34)으로 오셨다. 그분 말씀은 무너뜨리면서 동시에 건설하는 '힘' 이었다.

무엇을 무너뜨리셨던가? 하나님 뜻을 거슬러 세운 온갖 인위 조작들, 그래서 생겨난 터무니없는 편견과 차별의 장벽들, 강도의 소굴로 전락된 성전이 그분으로 말미암아 무너졌다. 아울러 무엇이 건설되었던가? 아버지 뜻에 대한 온전한 순명으로써 하나님이 인간에게 주신 모든 것을 다시 일으켜세우신 분이 예수님이다.

그분을 믿는 믿음이 율법을 폐하지 않고 오히려 굳게 세우는 것은 당연한 일이다. 율법은 인간의 작품이 아니라 하나님이 내리신 것이기에.

불의한 의인

바울은 사람이 자신의 행적(行績)으로 구원을 이루는 것이 아니라 하나님을 믿는 믿음으로 구원을 얻는다는 사실을, 아브라함의 경우를 예로 들어 밝힌다. 이스라엘은 아브라함을 조상으로 모시는 민족이다. 아브라함의 운명은 곧 이스라엘의 운명이다.

그런즉 육신으로 우리 조상된 아브라함이 무엇을 얻었다 하리요 만일 아브라함이 행위로써 의롭다 하심을 얻었으면 자랑할 것이 있으려니와 하나님 앞에서는 없느니라 성경이 무엇을 말하느뇨 아브라함이 하나님을 믿으매 이것이 저에게 의로 여기신 바 되었느니라 4: 1~3

아브라함은 이스라엘뿐 아니라 "모든 사람의 조상"(4: 16)이다. 그에게 가능했던 일은 원리상 모든 인간에게 가능하다. 그러므로 그가 어떻게 해서 하나님께 의로운 사람으로 인정받게 되었는지를 알아보는 것은 중요한 일이다.

그는 하나님께 의로운 사람으로 인정받았다. 하나님께서 그의 이름을 당신 책에 적어 넣으셨다는 말이다. 구원을 받은 것이다.

그런데 그의 이름이 하나님 책에 기록된 것은 그가 무슨 행적을 쌓아서 그 공로로 그리 된 것이 아니다. 만일 그랬다면 아브라함에게 자랑할 것이 있겠지만, 하나님 앞에서 아브라함은 아무 자랑할 것이 없다. 자신의 구원을 위하여 한 일이 없기 때문이다. 그가 구원을 받은 것은 그의 '행위' 때문이 아니라 '믿음' 때문이다.

그렇다면 과연 그는 아무 한 일이 없었던가? 고향을 떠나라는 하나님의 명령에 복종하여 하란을 떠나지 않았어도, 아들 이삭을 번제물 삼아 모리아에 가지 않았어도, 과연 아브라함은 믿음으로 의롭다는 인정을 받았을까? 행위 없는 믿음은 없다. 있다면 그것은 죽은 믿음이다.(「약」 2 : 26)

'믿음' 과 '행위' 를 동떨어진 별개로 보아서는 안 된다. 아브라함의 믿음은 그의 행위에서 완성되었다.

'행위' 는 사람의 감각에 걸린다. 고향을 떠나고 아들을 번제물로 바치고 하는 행위는 우리 눈에 보이기도 하고 귀에 들리기도 한다. 그러나 그 행위 속에 들어 있는 '믿음' 은 그것을 볼 수 있는 눈이 없는 한 아무도 보지 못한다. 하나님은 중심을 보시는 분이시다.

'믿음' 이란, 자기의 생각과 판단과 의지를 모두 침묵시키고 오직 하나님의 뜻에 복종하는 것이다. 만일 아브라함이 하나님의 명령에 복종하기 위해서가 아니라 자신의 판단에 따라서 하란을 떠났다면, 그것은 그냥 '행위' 일 뿐 '믿음' 이 아니다. 자신의 뜻을 죽이고 하나님께 복종했기 때문에 '행위' 가 아니라 '믿음' 이 되는 것이다.

겉으로만 보면 맷돌질을 하고 있는 두 여자가 구분되지 않지만, 중심을 보면 하나는 버려둘 사람이고 하나는 데려갈 사람이다.(「눅」 17: 35) 헌금을 바치는 행위가 중요한 게 아니라 왜, 어떻게 바치느냐가 중요하다. 하나님은 헌금을 보시지 않고 헌금하는 사람의 중심을 보시기 때문이다. 하나님은 사람의 중심을 보신다. 그런 까닭에 아브라함이 '행위' 가 아니라 '믿음' 으로 구원받았다고 하는 것이다. 똑같은 일을 해도, 내가 주인 되어 내가 하면 그것은 '행위' 요 하나님이 주인되시고 내가 종이 되어 하면 그것이 바로 '믿음' 이다.

일하는 자에게는 그 삯을 은혜로 여기지 아니하고 빚으로 여기거니와 일을 아니할지라도 경건치 아니한 자를 의롭다 하시는 이를 믿는 자에게는 그의 믿음을 의로 여기시나니 일한 것이 없이 하나님께 의로 여기심을 받는 사람의 행복에 대하여 다윗의 말한 바 그 불법을 사하심을 받고 그 죄를 가리우심을 받는 자는 복이 있고 주께서 그 죄를 인정치 아니하실 사람은 복이 있도다 함과 같으니라 4: 4~8

'일하는 자' 는 누구고 '일한 것이 없는 자' 는 누군가? 일한 것이 없다는 말은 문자 그대로 아무 일도 하지 않았다는 말이 아니다. 세상에 아무 일도 하지 않고 살 수 있는 인간은 없다. 존재 자체가 곧 일이다. 인도에는 한평생 장대 꼭대기에 올라 고행(苦

行)하는 요기(yogi)들이 있다는데, 그들이 아무 일 하지 않고 장대 위에 앉아 있는 것도 '일' 이다. 일도 보통 일이 아니다.

바울이 말하는 '일하는 사람' 과 '일한 것이 없는 사람' 은 어떻게 다른가? 비유하건대 머슴이 빗자루로 마당을 쓸었다. 이때 만일 빗자루에 의식(意識)이 있어서, "내가 마당을 쓸었다" 고 한다면 그 빗자루가 바로 '일하는 사람' 이요, "마당을 쓴 것은 내가 아니다" 라고 한다면 그가 곧 '일한 것이 없는 사람' 이다.

숱한 공을 이루고도 나는 아무 한 일이 없다고, 나에게는 사양할 공조차 없다고 말하는 사람, 그 사람이 곧 '행위' 가 아니라 '믿음' 으로 사는 사람인 것이다. "나는 하나님 손에 잡힌 몽당연필" 이라는 마더 데레사의 고백이야말로 그가 참으로 '행위' 아닌 '믿음' 의 사람이었음을 보여준다.

"경건치 아니한 자를 의롭다 하시는 분" 이니까 하나님이시다. 경건한 자를 경건하다 하고 의로운 자를 의롭다 하는 일이라면 누군들 못하랴? 하나님만이 의롭지 못한 자를 의롭다고 인정해 주실 수 있다. 그런데 인간은 인간이기에 예외 없이 경건치 못하고 의롭지 못하다. "의인은 없나니 하나도 없다." (3 : 10) 따라서 누구도 스스로 의로운 사람이 될 수는 없는 일이다. 다만, 자기가 불의한 사람인데도 "당신의 이름을 위하여" (「시」 23 : 3) 자기를 의롭다 여겨주시는 하나님을 믿는 자만이 '의로운 사람' 으로 살아갈 수 있다. 그래서 이르기를 "의인은 믿음으로 산다" (1 : 17) 고 했다.

선물은 그것을 받아들이는 자에게만 선물이 되는 법이다. 조건 없이 주시는 모든 것을, 그것이 자신의 입맛에 맞든 맞지 않든, 취사선택 없이 받아들이는 것, 그것이 곧 '믿음' 이다.

"주께서 그 죄를 인정치 아니하실 사람"과 "그 불법을 사하심을 받고 그 죄를 가리우심을 받는 자"가 어디 따로 있는 것은 아니다. 그런 사람이 따로 있다는 생각 속에는 그런 대접을 받을 만한 인간의 공로가 있을 수 있다는 오해가 들어 있다. 그것은 터무니없는 오해다. 어느 빗자루도 마당을 쓴 공이 자기에게 있다고 주장할 수는 없다.

다만, 자신이 일한 바가 없다는 사실을 바르게 깨달아 삯을 기대하거나 요구하지 않고, 모든 것이 사랑이신 하나님께서 오직 당신의 의(義)를 위하여 값없이 베푸신 선물(은총)임을 진심으로 고백하는 자만이 "주께서 그 죄를 인정치 아니하시는" 사람, "그 불법을 사하심을 받고 그 죄를 가리우심을 받는" 자의 복을 누리며 '불의한 의인' 으로 살아갈 수 있는 것이다.

아브라함이 의로운 사람으로 인정받을 수 있었던 것은, 훌륭한 행실 때문이 아니라 자아를 완전히 비우고 오직 하나님의 명령에 복종한 '믿음' 때문이었다. 모든 믿는 자의 조상인 아브라함도 하갈의 몸에서 이스마엘을 낳았을 때는 '믿음' 의 사람이 아니라 '행위' 의 사람이었다. 하나님의 명령에 대한 복종이 아니라 아내(인간)의 권고에 따른 결과로 아들을 낳았던 것이기 때문이다.

아브라함과 모세, 누가 먼저인가?

의로운 짓을 한 바 없이 의롭다는 인정을 받으니 행복한 사람이다. 그 행복은 오직 '믿음' 이라는 통로를 거쳐서 오는데 '행위 없는 행위'(爲無爲)인 믿음을 가장 잘 보여준 사람이 아브라함이다. 그의 행복은 많은 유대인이 생각하고 있듯이 할례를 받음으로써 누리게 되는 그런 것이 아니었다. 할례를 받는 것은 그가 유대인이 되었다는 표시다.

그런즉 이 행복이 할례자에게뇨 혹 무할례자에게도뇨 대저 우리가 말하기를 아브라함에게는 그 믿음을 의로 여기셨다 하노라 그런즉 이를 어떻게 여기셨느뇨 할례 시냐 무할례 시냐 할례 시가 아니라 무할례 시니라 저가 할례의 표를 받은 것은 무할례 시에 믿음으로 된 의를 인친 것이니 이는 무할례자로서 믿는 모든 자의 조상이 되어 저희로 의로 여기심을 얻게 하려 하심이라 또한 할례자의 조상이 되었나니 곧 할례 받을 자에게뿐 아니라 우리 조상 아브라함의 무할례 시에 가졌던 믿음의 자취를 좇는 자들에게도니라 4：9～12

뿌리[本]에서 가지[末]가 나오게 되어 있다. 거꾸로 가지에서 뿌리가 나오는 법은 없다. 아브라함은 아직 할례를 받기 전에 믿음으로 의롭다는 인정을 받았고 그것을 확인하는 표로 받은 것이 할례다.

하나님의 법은 곧 우주의 질서다. 질서는 차례다. 할례를 믿음보다 앞자리에 둔다면 그것은 하나님의 법을 어기는 것이다. 아브라함이 할례를 받기 전에 의롭게 되었다 하여, 의로운 자로 인정받는 무리에서 할례받은 자들을 제외시킨다는 것은 말이 안 된다. 요컨대, 할례를 받았거나 받지 않았거나, 그것이 하나님께 의로운 자로 인정받는 데 필수불가결한 조건은 못 된다는 얘기다.

오늘 우리가 듣기에는 당연한 상식이지만, 유대인의 혈통과 할례를 비롯한 모든 전통을 자기 목숨보다 소중하게 여겼던 당시 유대교 정통 보수주의자들한테는 못마땅하고 역겹고 위험한 이단 사설이었을 것이다. 그들이 바울을 죽여 없애려고 한 것이 결코 무리가 아니다.

아브라함이나 그 후손에게 세상의 후사가 되리라고 하신 언약은 율법으로 말미암은 것이 아니요 오직 믿음의 의로 말미암은 것이니라 만일 율법에 속한 자들이 후사이면 믿음은 헛것이 되고 약속은 폐하여졌느니라 4 : 13~14

'후사'는 물려받는 자손이라는 뜻이다. "세상의 후사가 되리라"는 말은 세상을 물려받으리라는 말이다.

하나님께서 아브라함과 그의 후손에게 세상을 물려주시마고 약속하신 것은 그가 율법을 지켰기 때문이 아니라, 다시 말해서 그가 무슨 업적을 쌓았기 때문이 아니라, 오직 믿음으로 순종했기 때문이었다.

"아브람이 엎드린대 하나님이 또 그에게 일러 가라사대, 내가 너와 내 언약을 세우니 너는 열국의 아비가 될지라."(「창」17: 3~4)

이렇게 약속하신 하나님께서 뒤를 이어 그에게 할례를 명하신다.

"하나님이 또 아브라함에게 이르시되 그런즉 너는 내 언약을 지키고 네 후손도 대대로 지키라. 너희 중 남자는 다 할례를 받으라. 이것이 나와 너희와 너희 후손 사이에 지킬 내 언약이니라 너희는 양피를 베어라 이것이 나와 너희 사이의 언약의 표징이니라."(「창」17 : 9~11)

길게 말할 것 없다. 아브라함(믿음)과 모세(율법), 누가 더 먼저인가?

누가 누구한테서 나왔는가? 이유가 어디에 있든, 이 순서를 뒤집어 선후(先後)를 바꾸는 일은 옳지 않다. 그것은 사람을 포함하여 모든 생명을 죽음으로 몰아간다. 무릇 종교란 인간 세상의 잘못된 순서를 바로잡아 세계를 곧추세우는 '길' 인 것이다.

율법은 진노를 이루게 하나니 율법이 없는 곳에는 범함도 없느니라

4: 15

"큰 길〔大道〕이 무너져 인의(仁義)가 있고 육친(六親)이 불화(不和)하여 효자(孝慈)가 있으며 나라가 어지러워 충신(忠臣)이 있다"고 했다.(『老子』, 18장)

하나님이 인간에게 율법을 주신 것은 인간들이 이미 그것을 어기고 있기 때문이다. 하지도 않는 짓을 금할 수는 없는 일이다. "율법이 없는 곳에 범함도 없다"는 말은 법 없이 살 수 있어서 법이 없다는 말과 같다. 문제와 해결의 뿌리는 인의를 지키는 데 있지 않고 무너진 대도를 바로 세우는 데 있다. 법을 잘 지키는 데 있지 않고 법 없이 살아가는 사람으로 거듭나는 데 있다.

그러므로 후사가 되는 이것이 은혜에 속하기 위하여 믿음으로 되나니 이는 그 약속을 그 모든 후손에게 굳게 하려 하심이라 율법에 속한 자에게뿐 아니라 아브라함의 믿음에 속한 자에게도니 아브라함은 하나님 앞에서 우리 모든 사람의 조상이라 4: 16

첫 문장이 좀 까다롭다. 풀어서 그 뜻을 헤아리면 대강 이러하다. 첫째, 하나님은 믿음을 보시고 그에게 세상을 물려주시마고 약속하신다. 둘째, 그 약속 또한 인간의 '믿음'이 거둔 결실이 아니라 하나님께서 일방(一方)으로 베푸시는 은총이다. 셋째, 은총으로 내리신 약속은 아브라함에게만 해당되는 것이 아니라 모든 후손에게도 해당되는 것이다.

"하나님 앞에서"는 모든 장벽이 무너진다. 유대인과 이방인의 구별이 없거늘 할례자와 무할례자의 구별이 어찌 있을 것인가?

기록된 바 내가 너를 많은 민족의 조상으로 세웠다 하심과 같으니 그의 믿은 바 하나님은 죽은 자를 살리시며 없는 것을 있는 것같이 부르시는 이시니라 4: 17

아브라함은 하나님을 죽은 자를 살리시고 없는 것을 있게 만드시는 분으로 믿었다. 그 믿음이 그로 하여금 일흔 다섯의 나이에 고향을 떠나도록 하였고 백 세에 아들을 낳도록 하였다.

아브라함이 바랄 수 없는 중에 바라고 믿었으니 이는 네 후손이 이 같으리라 하신 말씀대로 많은 민족의 조상이 되게 하려 하심을 인함이라 그가 백 세나 되어 자기 몸의 죽은 것 같음과 사라의 태의 죽은 것 같음을 알고도 믿음이 약하여지지 아니하고 믿음이 없어 하나님의 약속을 의심치 않고 믿음에 견고하여져서 하나님께 영광을 돌리며 약속하신 그것을 또한 능히 이루실 줄을 확신하였으니 그러므로 이것을 저에게 의로 여기셨느니라 4: 18~22

아들을 주시겠다는 하나님의 약속을 믿고, 폐경한 지 이미 오래인 아내의 침실에 드는 늙은이여! 순결하고 장엄한 '믿음'이여!

저에게 의로 여기셨다 기록된 것은 아브라함만 위한 것이 아니요 의로 여기심을 받을 우리도 위함이니 곧 예수 우리 주를 죽은 자 가운데서 살리신 이를 믿는 자니라 예수는 우리 범죄함을 위하여 내어줌이 되고 또한 우리를 의롭다하심을 위하여 살아나셨느니라 4: 23~25

아브라함은 하나님을 믿었다. 우리도 우리 주 예수를, 죽은 자 가운데서 살리신 하나님을 믿는다. '믿음' 으로 하나된 아브라함과 우리 사이에는 시공의 간격도 없고 질의 차이도 없다.

그리스도인이 늘 즐거워할 이유

믿음으로 의로운 자라는 인정을 받은 '우리'에게 무엇이 따라오는가? 바울은 5장 1~11절에서 의로운 자로 인정받은 우리에게 어떤 보상이 약속되어 있는지를 설명한다. 그 첫 번째가 하나님과 화해하는 것, 다른 말로 하면 지상에서 사람의 힘으로는 이룰 수도 없고 지킬 수도 없는 절대 평화를 누리는 것이다.

그러므로 우리가 믿음으로 의롭다 하심을 얻었은즉 우리 주 예수 그리스도로 말미암아 하나님으로 더불어 화평을 누리자 5: 1

"화평을 누리자" 이 말이 다른 사본에는 "화평을 누린다" 또는 "화평을 누리게 되었다"는 서술문으로 되어 있다. 앞뒤 문맥을 보아, '누리자' 보다는 '누리게 되었다' 고 옮기는 것이 무난하다.

하나님과 더불어 화평을 누리게 되었다는 말은 (지금까지) 그분과 다투어 왔음을 암시한다. 그러나 사람이 하나님과 다툰다는 말은 사실상 어불성설이다. 그런 일은 있을 수 없다. 사람은 하나님과 맞서서 다툴 만한 상대가 못 된다.

그렇다면 새삼 화평을 누리게 되었다는 말은 무슨 뜻인가? 아버지를 떠났던 아들이 자신의 행동을 뉘우치고 돌아왔을 때 아버지는 아들의 과거를 문책하지 않고 조건 없이 받아들인다.(「눅」 15: 11~24) 사람과 하나님 사이가 그렇게 되었다는 말이다.

하나님은 인간뿐 아니라 존재하는 모든 것의 바탕(the ground of being)이다. 나무로 비유하면, 그것의 뿌리다. 또는 그것이 뿌리박고 서 있는 대지다. 나무가 대지에 든든히 뿌리박고 서 있는 것, 그것이 화평이다. 그것은 바깥에서 주어지는 화평이 아니라 안에서 우러나는 화평이다. 그러므로 아무도 빼앗거나 무너뜨릴 수 없는 절대 평화다.

또한 그로 말미암아 우리가 믿음으로 서 있는 이 은혜에 들어감을 얻었으며 하나님의 영광을 바라고 즐거워하느니라

5: 2

믿음으로 의로운 자라는 인정을 받은 '우리' 에게는 오직 즐거워할 일만 있다. 여기, '즐거워한다' 는 말 속에는 기뻐한다 또는 자랑스레 여긴다는 뜻이 함축되어 있다.

'우리' 가 즐거워하는 까닭은 첫째, 그분(그리스도)의 은혜를 받았기 때문이다. 지금 이렇게 은혜를 누리고 있는 것 자체가 그분의 은혜다. 모든 것이 "그로 말미암아" 이루어진 것이다. 우리가 한 일은 아무것도 없다. 다만 믿음으로 그것을 받아들였을 따름이다.

'우리'가 즐거워하는 두 번째 이유는 장차 "하나님의 영광에 참여할"(공동번역) 희망을 지니게 되었기 때문이다. 그리스도인에게는 오직 기뻐하고 또 기뻐할 이유만 있는 것이다.

다만 이뿐 아니라 우리가 환난중에도 즐거워하나니 이는 환난은 인내를 인내는 연단을 연단은 소망을 이루는 줄 앎이로다 5 : 3~4

바울이 이 글을 쓸 때 그리스도인들은 '환난중에' 있었다. 예수를 처형한 세력이 여전히 세상을 지배하고 있었던 것이다.

그러나 그 환난은 결코 그리스도인의 기쁨(즐거움)을 앗아가지 못한다. 왜냐하면 환난 자체가 기쁨의 또 다른 원인이기 때문이다. 밝은 세상에서만 사는 사람은 온전한 인격을 두루 갖출 수 없다. 인격을 성숙시키는 것은 '밝음'이 아니라 '어둠'이다. 그래서 옛글에 어둠은 몸을 온전케 하는 약이요 밝음은 목숨을 앗아가는 병사(晦卽全身藥, 明爲伐性兵)라고 했다.

환난을 당하여, 그럼에도 불구하고 즐거워하는 게 아니다. 환난을 당하여, 오히려 그 때문에 즐거워한다. 왜냐하면 환난이 인내를 낳고 인내가 연단을 낳고 연단이 소망을 낳는 줄 알고 있기 때문이다. 과연 그리스도인에게는 모든 것이 합력하여 선을 이룬다.(8 : 28)

"인내가 연단을 낳는다"는 말은 '단련된 품성'을 낳는다는 뜻이다. 잘 단련된 사람은 무슨 일을 당해도 희망을 잃지 않는다.

모든 것이 그에게는 '희망의 근거' 가 되기 때문이다. 그래서 그는 절망적인 상황일수록 더욱 간절하게 희망한다. 희망적인 상황에서 희망하는 일은 단련되지 않은 사람도 얼마든지 한다.

소망이 부끄럽게 아니함은 우리에게 주신 성령으로 말미암아 하나님의 사랑이 우리 마음에 부은 바 됨이니 우리가 아직 연약할 때에 기약대로 그리스도께서 경건치 않은 자를 위하여 죽으셨도다 5: 5~6

희망이 사람을 부끄럽게 만들 경우가 있는가? 있다. 그것이 이루어지지 않았을 경우가 아니라, 헛된 희망일 경우에 그렇다.

우리는 하나님의 영광에 참여할 희망을 지니고 있다. 이 희망은 결코 우리를 실망시키지 않는다. 참된 희망이기 때문이다. 그리고 무엇보다도 그 희망을 이룰 주체가 '우리' 아닌 '하나님' (의 사랑)이기 때문이다. 하나님의 사랑이 어떤 것인지는 그리스도를 통하여 완벽하게 드러났으니, 경건치 못한 자를 위하여 죽으신 것이다.

"우리가 아직 연약할 때" 는 우리가 그리스도를 믿어 모든 시련을 이길 만한 힘을 얻기 전, 그러니까 아직 그리스도인이 되기 전이다. 그분의 은총은 그것을 받을 자격이 있는 자에게 선택적으로 베풀어진 것이 아니다.

의인을 위하여 죽는 자가 쉽지 않고 선인을 위하여 용감히 죽는 자가 혹 있거니와 우리가 아직 죄인되었을 때에 그리스도께서 우리를 위하여 죽으심으로 하나님께서 우리에게 대한 자기의 사랑을 확증하셨느니라 5: 7~8

의인과 선인을 굳이 구별해서 달리 읽을 것 없다. 그런 '훌륭한 사람'을 위해서 자기 목숨 버리는 것도 쉬운 일이 아니거늘 하물며 '죄인'을 위해서 죽는다는 것이, 그것이 하나님의 무한하시고 이유 없으신 사랑 아니고서야 어찌 있을 수 있겠느냐는 말이다. 그리스도의 죽음은 우리에게 쏟으시는 하나님의 사랑이 어떤 것인지를 확실하게 보여준 사건이다.

그러면 이제 우리가 그 피를 인하여 의롭다 하심을 얻었은즉 더욱 그로 말미암아 진노하심에서 구원을 얻을 것이니 곧 우리가 원수되었을 때에 그 아들의 죽으심으로 말미암아 하나님으로 더불어 화목되었은즉 화목된 자로서는 더욱 그의 살으심을 인하여 구원을 얻을 것이니라 5: 9~11

우리를 위해 화목제물되신 그리스도 덕분에 하나님과 화해를 이루어 마침내 하나님 안에서 그분을 섬기며 살게 되었다. 시냇가에 나무가 뿌리를 내렸으니 참으로 기쁘고 자랑스런 일이다.

아담과 그리스도

밤하늘의 별이 빛나는 것은 어둠 덕분이다. '어둠' 이 없는 대낮에는 별이 빛나지 않는다. 물론 별들은 지구의 밤낮에 상관없이 늘 그렇게 빛나고 있지만, 우리 눈에 그렇게 보인다는 얘기다. 어둠이 짙을수록 그만큼 별은 빛난다. 도시에서 보는 별과 산골에서 보는 별의 '밝기' 가 다른 것은 그 때문이다.

바울은 예수님의 구원의 '빛' 을 밝히 드러내기 위하여 첫 사람 아담의 '어둠' 을 배경에 깐다.

이러므로 한 사람으로 말미암아 죄가 세상에 들어오고 죄로 말미암아 사망이 왔나니 이와 같이 모든 사람이 죄를 지었으므로 사망이 모든 사람에게 이르렀느니라 죄가 율법 있기 전에도 세상에 있었으나 율법이 없을 때에는 죄를 죄로 여기지 아니하느니라 그러나 아담으로부터 모세까지 아담의 범죄와 같은 죄를 짓지 아니한 자들 위에도 사망이 왕 노릇 하였나니 아담은 오실 자의 표상이라 5 : 12~14

벌레가 나뭇잎 하나를 갉아먹는 것, 그것은 '나무' 를 갉아먹는 것이다. 내 위장에 병이 든 것은 내가 병든 것이고, 따라서 병원에 가는 것은 내 위장이 아니라 '나' 다. 마찬가지 원리로 한 사람이 넘어진 것은 곧 인류가 넘어진 것이다. '인류' 라는 몸 밖에서 태어난 '인간' 은 없기 때문이다.

아담 한 사람으로 말미암아 죄가 세상에 들어왔다. 여기 '세상' 은 '세상 사람들' 을 가리킨다. 죄의 값은 죽음이다. 그래서 마침내 죽음이 모든 사람에게 이르렀다.

중간에 율법이 생겼다. 그러나 그것이 죄를 없애주지는 못했다. 따라서 사람들은 여전히 죽음의 그늘을 벗어나지 못한 채 살고 있다. 율법은 다만 죄를 죄로 알아보게 할 따름이다.

세상 모든 사람이 '죽음' 을 머리에 이고 살아가는데, 그러면서 거기에서 헤어나는 길을 찾지 못해 절망에 빠져 있는데, 그들에게 삶의 길을 보여주고 열어주고 그리로 이끌어줄 '한 사람' 이 출현했다. 그는 자신을 가리켜 스스로 '사람의 아들' 〔人子〕이라고 했다.

죽어가는 '사람' 을 살리고자 '사람의 아들' 이 세상에 태어난 것이다. 그는 태어나기 전에 이름을 먼저 얻었는데 '예수' 라고 했다. 예수는 "여호와께서 구원하신다" 는 뜻을 담은 이름이다.

그가 세상에서 무슨 일을 어떻게 할 것인지, 그것을 잘 보여주는 인물이 '아담' 이다. 아담은 예수의 표상(表象)인 것이다.

그러나 이 은사는 그 범죄와 같지 아니하니 곧 한 사람의 범죄를 인하여 많은 사람이 죽었은즉 더욱 하나님의 은혜와 또는 한 사람 예수 그리스도의 은혜로 말미암은 선물이 많은 사람에게 넘쳤으리라 또 이 선물은 범죄한 한 사람으로 말미암은 것과 같지 아니하니 심판은 한 사람을 인하여 정죄에 이르렀으나 은사는 많은 범죄를 인하여 의롭다 하심에 이름이니라

5: 15~16

"아담은 그리스도의 원형(原型)이고 그리스도는 아담의 예형(豫型)이다. 예형은 원형을 닮았지만 이 유사성은 완전하지 않고 많은 점에서 상이하며 대조적이다."(200주년신약성서)

아담과 그리스도(예수)는 완전히 같으면서 완전히 다르다. '모두'〔全〕의 운명을 결정한 '하나'〔一〕라는 점에서 같고, 누구는 '모두'를 죽음으로 이끌고 누구는 '모두'를 생명으로 이끈다는 점에서 다르다. 말하자면 두 사람의 '그릇'은 똑같은데 그 속에 담긴 '내용'이 정반대로 다르다는 얘기다.

15 · 16절은 아담과 그리스도의 다른 점을 설명했는데 개역성경의 번역 문장에 난삽한 구석이 있어 읽기가 힘들다. 같은 구절을 공동번역으로 읽어본다.

"그러나 하느님께서 내리시는 은총의 경우와 아담이 지은 죄의 경우는 전연 비교가 되지 않습니다. 아담의 범죄의 경우에는 그 한 사람 때문에 많은 사람이 죽었지만 하느님의 은총의 경우에는 예수 그리스도 한 사람 덕분으로 많은 사람이 풍성한 은총을 거저 받았습니다. 그러니 하느님의 은총의 힘이 얼마나 더 큽니까! 하느님께서 거저 주시는 은총과 아담의 죄는 그 효과에 있

어서 서로 비교가 되지 않습니다. 아담의 경우에는 그 한 사람 때문에 모든 사람이 유죄 판결의 심판을 받게 되었지만 은총의 경우에는 죄 지은 많은 사람이 은총을 거저 입어 무죄 판결을 받았습니다."

"그 효과에 있어서 비교가 되지 않는다"는 말은 효과의 질(質)에 있어서 그렇다는 뜻이다. 효과의 양(量)에 있어서는 다를 바가 없다.

한 사람의 범죄를 인하여 사망이 그 한 사람으로 말미암아 왕 노릇하였은즉 더욱 은혜와 의(義)의 선물을 넘치게 받는 자들이 한 분 예수 그리스도로 말미암아 생명 안에서 왕 노릇 하리로다 그런즉 한 범죄로 많은 사람이 정죄에 이른 것 같이 의의 한 행동으로 말미암아 많은 사람이 의롭다 하심을 받아 생명에 이르렀느니라 5 : 17 ~ 18

두 사람의 행위가 어떤 결과를 낳았는지 그리고 그것이 어떻게 같은지, 아울러 그 결과의 내용이 어떻게 다른지를 설명한다.

생명(生命)은 명(命)이 살아 있는 것이다. 명(命)은 령(令)이요 법(法)이요 질서(order)다. 하늘의 명을 성(性)이라 하는데 성은 모든 살아 있는 것들을 낳고 또 그것들 속에 들어 있다. 성을 좇아서 그대로 하는 것을 길〔道〕이라 한다.(『中庸』, 제1장)

예수께서 "나는 길이다"라고 하신 것은, 나는 하늘에 계신 아버지의 명〔天命〕인 성(性)을 좇아서 살아가는 사람이라는, 그런 말씀이다.

아담은 죽음을 가져오고 예수님은 생명을 주신다. 이렇게 두 사람은 같으면서 다르다.

한 사람의 순종치 아니함으로 많은 사람이 죄인 된 것같이 한 사람의 순종하심으로 많은 사람이 의인이 되리라 5: 19

아담이 선악과를 따서 먹은 것은 하나님의 명령("동산 각종 나무의 실과는 네가 임의로 먹되 선악을 알게 하는 나무의 실과는 먹지 말라"—「창」 2: 16)을 어긴 것이다. 천명(天命)을 어기는 것은 곧 천명을 죽이는 행위다. 명(命)이 살아 있거나 죽는 것은 명을 내리는 쪽이 아니라 그것을 받는 쪽에 달려 있다. 아무리 준엄한 명이라 해도 그대로 따르는 자가 없다면 죽은 명이나 마찬가지다. 명은 그것을 순종하는 자로 말미암아 살고 불순종하는 자로 말미암아 죽는다. 아담의 불순종은 천명을 죽인 것이며 따라서 자기를 죽인 것이다.

예수님이 십자가를 지신 것은 당신의 원(願)을 비우고 그 자리에 아버지의 원이 살게 하신 것이다.("아버지여 만일 아버지의 뜻이어든 이 잔을 내게서 옮기시옵소서 그러나 내 원대로 마옵시고 아버지의 원대로 되기를 원하나이다"—「눅」 22: 42)

예수님의 순종은 하나님의 명〔天命〕을 살린 것이며 따라서 자기를 살린 것이다.

죽은 자 죽음을 낳고, 산 자 생명을 낳는 법.

율법과 범죄

법(法)이 좋은 것인 줄 누가 모르랴? 그러나 사람이 자신의 의지만으로 그 법을 지킬 수 없으니 딱한 일이다. 나아가 천지만물 가운데 홀로 인간만이 하나님의 법(명령)을 어길 수 있고 여태 어겨왔으며 지금도 어기고 있다.

법이 없다면 법을 어기는 일 또한 없을 것이다. "율법이 탐내지 말라 하지 아니하였더면 내가 탐심을 알지 못하였으리라"(7:7) 그러면 왜 법이 있게 되었는가?

율법이 가입한 것은 범죄를 더하게 하려 함이라 그러나 죄가 더한 곳에 은혜가 더욱 넘쳤나니 5:20

범죄를 더하게 하려고 법이 들어왔다는 설명이다. 조심스레 새겨들어야 할 대목이다. 하나님이 사람들로 하여금 더 많은 죄를 짓게 하려고 법을 주셨다는 말로 읽기 쉬운데, 상식으로 생각해도 하나님께서 인간에게 일부러 그런 악의를 품으실 까닭이 없다. 그렇다면 이 말의 뜻은 무엇일까?

같은 본문을 다른 번역으로 읽어본다. "법이 생겨서 범죄가 늘

어났다"(공동번역), "율법은 범죄를 증가시키려고 들어왔습니다"(표준새번역), "율법은 범행이 증가되기 위해 들어왔습니다."(200주년신약성서)

용어가 약간씩 다르긴 하지만 같은 내용이다. 율법이 있게 되면서 인간의 범죄가 늘어났다는 것이다. 그런데 이 말을, 율법 때문에 사람들이 더 많은 죄를 짓게 되었다고 읽는다면 과연 제대로 읽는 것일까?

아담이 범죄한 것은 선과 악을 알게 하는 열매를 먹지 말라는 법(계명) 때문인가? 법이 없다면 물론 범법도 없겠지만, 아담이 법을 어긴 것은 법 때문이 아니다. 하와 때문도 아니고 사탄의 유혹 때문도 아니다. 아담 스스로 그런 것에 '탓'을 돌리려 하지만 하나님은 그의 핑계를 용납하지 않으신다. 사실이 그렇지 않기 때문이다. 아담의 범죄는 법 때문도 아니고 여자 때문도 아니고 사탄 때문도 아니다. 아담은 스스로 저지른 범죄의 '탓'을, 자기 밖의 그 누구한테서도 그 무엇에서도 찾아서는 안 되는 것이다. 왜냐하면 아담이 저지른 범죄의 씨앗이 아담 자신에게 있기 때문이다. 그리고, 이 얼마나 역설적인가? 그 범죄의 씨앗이(범죄할 수 있는 가능성이) 다름 아닌, 하나님이 그에게 법(계명)이라는 옷을 입혀서 주신 '자유'였던 것이다.

하나님께서 아담에게 "선악과를 먹지 말라"는 금령(禁令)을 주신 것은 그로 하여금 그것을 어겨 죄를 짓게 하려고 주신 것이 아니다.

"여호와 하나님이 그 사람에게 명하여 가라사대 동산 각종 나무의 실과는 네가 임의로 먹되 선악을 알게 하는 나무의 실과는 먹지 말라. 네가 먹는 날에는 정녕 죽으리라 하시니라."(「창」 2:16~17) 마음대로 실과를 먹으라는 것도 명(命)이고 선악과를 먹지 말라는 것도 명(命)이다. 하나님은 아담에게 명을 주시면서 아담이 그 명을 지키기를 바라신다. 그러나 명을 지키든 어기든 그것을 결정하고 실천하는 일은 전적으로 아담의 몫이다. 그는 각종 실과를 임의로 따서 먹을 수도 있고 안 먹을 수도 있다. 그것은 그의 자유다. 마찬가지로 선악과를 따서 먹을 수도 있고 먹지 않을 수도 있다. 달리 말하면 하나님의 명령을 따를 수도 있고 어길 수도 있다.

하나님께서 아담에게 주신 것은 무엇을 하거나 하지 말라는 '계명'이 아니라 하나님 당신도 빼앗거나 건드릴 수 없는 '절대 자유'였다. 좀더 자세히 반복하여 말한다면, 하나님은 아담에게 '계명'(법)이라는 포장지에 성스런 '자유'를 싸서 선물하신 것이다. 아담이 하나님에게서 받은 것은 '계명'이라는 그릇에 담긴 '자유'라는 물이었다. 그릇을 깨뜨려 물을 쏟아버리듯이, 아담은 하나님의 계명(법)을 어김으로써 그분이 주신 자유를 스스로 버릴 수 있었다. 하나님이 아담에게 주신 자유는, 그것을 거절할 수 있는 자유까지 포함한 '절대 자유'였다. 하나님은 오직 사람에게만 그것을 주셨다.

축복은 저주의 다른 얼굴이다. 화(禍)와 복(福)은 둘이 아니다. 동일한 명(命)을 지키면 살고 어기면 죽는다. 아담이 자기에게 주어진 자유로 하나님의 법을 지켜 영생을 누릴 수 있는데 오히려 그것으로 하나님의 법을 어겨 죽음을 부른 것은 불행한 일이다. 그러나 하나님의 무한자비(無限慈悲)는 그 불행을 더 큰 행복으로 바꾸어놓았다. 인간의 배은망덕이 하나님의 사랑에 손상(損傷)을 입힐 수 없었던 것이다.

율법이 범죄를 늘어나게 했다는 바울의 말은, 사람이 법 때문에 더 많은 죄를 짓게 되었다는 말이 아니라 법이 있어서 자신의 범죄를 더 많이 알게 되었다는 말로 새겨들어야 한다. "율법으로 말미암지 않고는 내가 죄를 알지 못하였으니 곧 율법이 탐내지 말라 하지 아니하였더면 내가 탐심을 알지 못하였으리라."(7: 7) 탐내지 말라는 법이 있어서 탐심이 생긴 게 아니다. 탐내지 말라는 법이 있기 전에 이미 내 속에 탐심이 있었다. 법이 만들어졌을 때 비로소 내 속에 있는 탐심을 알게 된 것이다.

"대도(大道)가 폐(廢)하여 인의(仁義)가 있게 되었다"고 했다.(『老子』, 18장) 이 말은 대도(大道)가 무너졌으므로 불인(不仁)과 불의(不義)가 있게 되었다는 말과 같은 말이다. 대도(大道)는 스스로 무너지지 않는다. 인간에 의하여, 인간에게 주어진 '절대 자유'의 위력에 의하여, 거역될 따름이다. 그 결과 범죄가 있게 되고 범죄 때문에 율법이 생기고 율법 때문에 사람은 자신이 죄인임을 자각하게 된다.

인간이 바야흐로 출구(出口) 없는 죄인임을 자각할 때, 그리하여 자신에게 철저히 절망할 때 거기에 인간의 범죄보다 큰 하나님의 은혜가 나타나, 저주를 축복으로, 죽음을 생명으로 바꿔놓는다. 죄가 더한 곳에 은혜가 더욱 넘치는 것이다.

이는 죄가 사망 안에서 왕 노릇 한 것같이 은혜도 또한 의로 말미암아 왕 노릇 하여 우리 주 예수 그리스도로 말미암아 영생에 이르게 하려 함이니라 5: 21

왕 곧 하늘이라(王乃天), 하늘이 덮어주지 않는 곳 없듯이, 왕 노릇 한다는 말은 빠뜨린 구석 없이 다스린다는 말이다.

죄는 하나님 명(법)을 어기는 것이며 그 결과는 죽음이다. 다른 누가 그를 죽이는 게 아니라 죄짓는 자 스스로 자신을 죽이는 것이다. 죄가 사망 안에서 왕 노릇 한다는 말은 죄 있는 곳에 반드시 죽음이 있다는 뜻이다.

반면, 하나님의 은혜는 의로 왕 노릇 한다. 의 있는 곳에 영생이 있다. 이 의는 예수 그리스도의 의다. 그분은 죄가 없으시다. 삶의 한순간도 하나님의 명(법)을 어기지 않으셨다. 그분의 존재 자체가 죄로 말미암아 죽게 된 우리에게는 값없이 주어진 은혜다. 그러나 은혜는 그것을 받아들인 자에게만 은혜다. 밝은 대낮이 눈먼 자에게 어둠이듯이, 은혜를 받아들이지 않는 자에게는 죄로 말미암은 죽음이 있을 뿐이다. 이 일에는 예외가 있을 수 없다.

죄에 대하여 죽은 몸

인간의 죄가 없었다면 하나님의 은혜도 없었을 것이다. 어둠을 겪어보지 못한 사람이 과연 빛을 알 수 있을까? 그렇다면 우리는 더 많은 은혜를 경험하기 위해 더 많은 죄를 지을 것인가?

그런즉 우리가 무슨 말 하리요. 은혜를 더하게 하려고 죄에 거하겠느뇨 6: 1

이런 주장을 하는 사람은 어떤 사람일까? 틀림없이 그는 탁상공론(卓上空論)을 즐기는 사람일 것이다. 호사스런 살롱에서 맥주를 마시며, 전쟁에 대하여, 굶주림에 대하여 이야기를 나누는 사람들. 그들은 전쟁과 굶주림의 고통 따위에는 아무 상관없이 자신의 '말솜씨'를 즐기고 있는 것이다. 어이없게도 이런 부류의 탁상공론이 이른바 '학문'(學問)이라는 이름으로 행세를 하는 곳이 우리가 살고 있는 세상이기도 하다. 얼마나 많은 신학자들이 신(神)과의 정직한 만남을 경험하는 일 없이 신에 대하여, 죄에 대하여, 그리고 구원에 대하여 장황한 토론을 펼치고 있는가?

하루 세 끼 기름진 음식으로 배를 채우면서 인류의 굶주림에 대하여 그 대책을 논의하는 자들과 은혜를 더 받으려면 더 많은 죄를 저질러야 한다는 주장을 펴는 자들은 같은 뿌리에서 나온 가지들이다. 그들은 모든 문제를 자기와 격리시켜 놓고 본다. 그 결과 불난 집에 들어앉아 '불'에 대하여 토론을 벌이는 어이없는 행태를 되풀이하고 있는 것이다.

이와 같은 탁상공론은 어느 시대 어느 곳에서나 있어 왔다. 바울의 시대라고 해서 예외일 수는 없는 일이다.

공론(空論)을 공론(空論)으로 물리칠 수는 없는 일이다. 은혜를 더 많이 받기 위하여 더 많은 범죄가 필요하다는 주장에 대하여 바울은, 그것이 터무니없는 궤변일 뿐임을 지적한다. 어둠을 물리치기 위하여 어둠과 씨름하는 것은 어리석은 짓이다. 그냥 가만히 불을 밝히면 된다. 그뿐이다. '진리의 말씀'은 언제나 단순명료하다. 장황하게 떠벌이지 않는다.

그럴 수 없느니라 죄에 대하여 죽은 우리가 어찌 그 가운데 더 살리요 무릇 그리스도 예수와 합하여 세례를 받은 우리는 그의 죽으심과 합하여 세례받은 줄을 알지 못하느뇨

6: 2~3

"그런즉 우리가 무슨 말 하리요?" 여기서 말하는 '우리'는 누군가? 물어볼 것도 없이 그리스도인들이다. 그들은 각자 세례라는 의식을 통하여 신앙 공동체의 일원이 되었다. 물에 온몸을 담갔다가 꺼내는 세례 의식은 그리스도 교회에 입문하는 사람이 반

드시 밟아야 하는 절차였다. 그것은 또한 예수님이 승천하시면서 남기신 성스런 분부였다.(「마」 28 : 19)

세례는 예수님의 죽음과 부활을 상징적으로 재현한다. 사람은 물고기가 아니므로 물에 잠기면 죽는다. 그렇게 죽었다가 물 밖으로 나와 부활한 삶을 살아가는 것이다. 바울은 예수의 죽음을 '죄에 대하여 죽은' 죽음이라고 한다. 예수님은 아버지의 뜻〔天命〕을 살리려고 십자가를 지셨다. 만일 그분이 아버지의 뜻을 좇지 않으셨다면, 당신의 육신은 십자가(죽음)를 면할 수 있었겠지만 그로써 아버지의 뜻은 죽고 말았을 것이다. 따라서 예수님의 '죽음'은 아버지의 뜻을 '살림'이었다. 그리고 그렇게 해서 예수님은 영원한 생명으로 부활하신 것이다.

그리스도인은 세례를 받음으로써 그리스도 예수의 죽음과 부활에 흡수 통일된 사람이다. "그리스도 예수와 합하여 세례를 받은 우리"는 직역하면, "그리스도 예수 안으로 세례받은 우리"다.(200주년 신약성서) 세례를 받음으로써 그리스도 예수 안으로 흡수됐다는 뜻이겠다. "세례를 받고 그리스도 예수와 하나가 된 우리"다.(공동번역)

예수님은 당신 목숨을 세상의 죄인들 손에 넘기셨다. 그리하여 그들에게 죽임을 당하셨다. 그것은 "죄에 대하여" 죽으신 것이었다. 죄에 대하여 죽은 사람은 죄가 그를 더럽힐 수 없으며 다스릴 수도 없다. 송장을 백성으로 거느리는 임금은 없는 법이다. 죄는, 죄에 대하여 살아 있는 자에게만 '죽음'이라는 선고를 내릴 수 있다. 죄에 대하여 죽은 사람은 죄를 짓고 싶어도 지을 수 없다.

미움에 대하여 죽은 자는 미워하지 못하고 사랑에 대하여 죽은 자는 사랑을 못한다.

그리스도인은 그리스도와 함께, 세례를 통해서, 죄에 대하여 죽고 하나님 아버지의 뜻[天命]에 대하여 살아 있는 사람이다. 이미 죄에 대하여 죽은 시체가 어떻게 '더 많은 죄'에 거하겠는가? 있을 수 없는 일이다.

그러므로 우리가 그의 죽으심과 합하여 세례를 받음으로 그와 함께 장사되었나니 이는 아버지의 영광으로 말미암아 그리스도를 죽은 자 가운데서 살리심과 같이 우리로 또한 새 새명 가운데서 행하게 하려 함이니라 만일 우리가 그의 죽으심을 본받아 연합한 자가 되었으면 또한 그의 부활을 본받아 연합한 자가 되리라 6: 4~5

그리스도인은 세례를 통하여 그리스도 예수와 "죄에 대하여 죽은" 사람이다. 그것은 그리스도가 죽음에서 일어나 부활하셨듯이, 죄의 다스림을 받지 않는 '새 생명'으로 살아가기 위해서다. 부활 없는 죽음은 허무(虛無)요 죽음 없는 부활은 허위(虛僞)다.

그리스도의 죽음과 부활은 동떨어진 두 사건이 아니라 한 사건의 두 얼굴이다. 그러나 순서는 엄연히 죽음 뒤에 부활이다. 그리스도인의 길도 마찬가지다. 먼저 그리스도와 함께 죽고(죽음에서 그리스도와 하나가 되고) 그 다음에 그리스도와 함께 산다.(부활에서 그리스도와 하나가 된다.)

우리가 알거니와 우리 옛사람이 예수와 함께 십자가에 못박힌 것은 죄의 몸이 멸하여 다시는 우리가 죄에게 종 노릇 하지 아니하려 함이니 이는 죽은 자가 죄에서 벗어나 의롭다 하심을 얻었음이니라 만일 우리가 그리스도와 함께 죽었으면 또한 그와 함께 살 줄을 믿노니 이는 그리스도께서 죽은 자 가운데서 사셨으매 다시 죽지 아니하시고 사망이 다시 그를 주장하지 못할 줄을 앎이로라 6: 6~9

"우리가 알거니와……"

우리는 안다. 무엇을? 우리 옛사람(낡은 인간)이 예수님과 함께 '죄에 대하여' 죽었다(죽으리라는 게 아니라)는 사실을, 그래서 죄가 우리를 어찌할 수 없게 되었다(되리라는 게 아니라)는 사실을!

우리는 세례를 받음으로써 죄의 힘이 못 미치는 치외법권 지대에 들어섰다. 더 이상 죄의 다스림을 받지 않게 되었다. 죄를 짓고 싶어도 지을 수 없는 그런 몸이 된 것이다. 우리는 이 사실을 알고 있다. 그런데 정말 알고 있는가? 말과 생각으로만 아는 앎은 앎이 아니다. 몸의 세포 한 알 한 알에 배어든 앎이 진정한 앎이다. 몸으로 구현되지 않는 지식은 오히려 화근이 될 수 있다. 그리스도에 관하여 아는 것은 그리스도를 아는 것과 전혀 별개다.

역사는 우리에게 적(敵)그리스도의 길을 걸어간 그리스도교

박사들의 존재를 증언하고 있다. 지금도 얼마나 많은 사람이 예수의 이름으로 예수의 길을 가로막고 있는가?

박사들의 존재를 증언하고 있다. 지금도 얼마나 많은 사람이 예수의 이름으로 예수의 길을 가로막고 있는가?

죄에 죽고 하나님께 살고

성인(聖人)은 참회하고 범인(凡人)은 후회한다고 했다. 참회나 후회나 그 말이 그 말이겠지만 성인은 단 한 번 뉘우치고 범인은 두고두고 뉘우친다는 뜻이겠다.

사람은 누구나 한 번 태어나서 한 번 죽거니와, 예수님이 십자가에 돌아가셨다가 다시 살아나신 일 또한 '단 한 번' 있었던 일이다.

그의 죽으심은 죄에 대하여 단번에 죽으심이요 그의 살으심은 하나님께 대하여 살으심이니 6: 10

그의 죽으심과 살으심은 동떨어져 발생한 사건이 아니다. 그것은 '한 사건'의 양면이다. 한쪽에는 죄가 있고 다른 쪽에는 하나님이 계시다. 이쪽에 대하여 죽는 것이 곧 저쪽에 대하여 사는 것이다. 첫 사람 아담은 하나님께 대하여 죽고 죄에 대하여 살았지만 둘째 아담인 그리스도 예수는 반대로 죄에 대하여 죽고 하나님께 대하여 사셨다. 양쪽에 대하여 동시에 살거나 죽는, 그런 길은 없다. 따라서 마지막 심판날에 우리가 설 자리도 그분의 왼

쪽 아니면 오른쪽이다. 어중간한 자리는 없다.(「마」 25 : 31~33)

죄에 대하여 죽는다는 말은 죄가 더 이상 힘을 쓸 수 없게 된다는 말이다. 한 손으로는 박수 소리를 낼 수 없다. 내가 상대에게 죽어 없으면 상대방 또한 나에게 없는 것이다. "나에게 몸이 없다면 질병이 또한 어찌 있을 것인가?"(『老子』)

죄를 상대하여 싸우지 말라. 그럴수록 죄만 커질 따름이다. 나쁜 버릇을 억누르지 말라. 그럴수록 나쁜 버릇은 더욱 깊어질 따름이다.

그러면 우리는 어떻게, 무슨 방법으로 죄에 대하여 죽을 것인가? 예수님이 그 길을 가르쳐주셨다. 우리의 몸과 마음과 뜻과 정성을 오로지 하나님께만 열어놓는 것이다. 그분의 뜻을 이루고 완성하는 것으로만 일용할 양식을 삼는 것이다.(「요」 4 : 34)

이와 같이 너희도 너희 자신을 죄에 대하여는 죽은 자요 그리스도 예수 안에서 하나님을 대하여는 산 자로 여길지어다

6 : 11

죄에 대하여 죽고 하나님께 대하여 살기를 힘쓰라는 말이 아니다. 자신을 죄에 대하여 죽고 하나님께 대하여 산 자로 여기라는, 그렇다고 생각하라는 말이다. "이와 같이 여러분 자신도 죄에 대해서는 죽었지만 그리스도 예수 안에서는 하느님을 위해 살아 있다고 생각하시오."(200주년 신약성서)

사람은 자기가 생각하는 대로 순간순간 자신의 삶을 만들어가

고 있다. 이 사실을 깨달아 알고 있는 사람은 매우 드물지만, 모르는 사람이라 해도 자신이 모르는 가운데 제 생각대로 삶을 만들어가고 있는 것이다. 열두 해 동안 하혈증으로 고생하던 여인은 예수님 옷자락에 손을 대기만 해도 자기 병이 나을 것이라고 '생각' 했다. 그리고 그 '생각' 대로 되었다.

죄에 대하여 죽어야겠다고 생각하는 동안은 아직 죽지 못한다. 죄에 대하여 죽었다고 생각할 때 비로소 죄에 대하여 죽는 것이다. 아직 나사로가 무덤 안에 있을 때 예수님은 아버지께 당신 청(請)을 들어달라고 기도하지 않고, 언제나 그러셨듯이 이번에도 당신 말을 들어주신 것에 대하여 아버지께 감사를 드렸다.(「요」 11 : 41) 받은 줄로 믿고 드리는 기도보다 더 힘있는 기도는 없는 것이다.

그러므로 너희는 죄로 너희 죽을 몸에 왕 노릇 하지 못하게 하여 몸의 사욕을 순종치 말고 또한 너희 지체를 불의의 병기로 죄에게 드리지 말고 오직 너희 자신을 죽은 자 가운데서 다시 산 자 같이 하나님께 드리며 너희 지체를 의의 병기로 하나님께 드리라 죄가 너희를 주관치 못하리니 이는 너희가 법 아래 있지 아니하고 은혜 아래 있음이니라

6 : 12～14

아무리 좋은 생각이라도 생각으로만 남아 있으면 그것은 그냥 하나의 '관념' 일 뿐이다. 행함 없는 믿음이 죽은 믿음이듯이 실

천 없는 관념에는 생명력이 없다.

예수님 옷자락만 만져도 병이 나으리라고 생각한 여인은 그 생각을 실천에 옮기고자 사람들 틈에 섞여 예수님께로 나아갔다. 그래서 그의 '생각'이 비로소 힘을 지니게 되었다.

죄에 대하여 죽고 하나님께 대하여 살았다고 생각한다면 구체적으로 그렇게 살아야 한다.

내 손을 죄에 내어주면 불의한 병기가 되고 하나님께 드리면 의로운 병기가 된다. 그것이 어떤 칼이냐가 문제가 아니라 그 칼을 누가 쓰느냐가 문제다. 내 몸을 내가 쓰면, 다시 말해서 내 몸으로 사욕(私慾)을 순종하면 죄가 내 삶을 다스릴 것이다. 반대로 내 몸을 하나님께서 쓰시면 오직 은총만이 내 삶에 충만할 것이다.

그런즉 어찌하리요 우리가 법 아래 있지 아니하고 은혜 아래 있으니 죄를 지으리요 그럴 수 없느니라 6: 15

아무도 죄를 묻지 않는다 해서 일삼아 죄를 지을 것인가? 그럴 수는 없는 일이다. 내가 돈을 움켜잡을 때 움켜잡힌 것은 돈이 아니라 나 자신이듯이, 내가 죄를 범할 때 범해진 것은, 그래서 깨어진 것은 죄가 아니라 나 자신이기 때문이다.

나무 열매는 나무 밖에 있지 않고 나무 안에 있다. 마찬가지로 내가 저지른 죄의 열매는 내 몸 밖에 있지 않고 안에 있다. 누구 때문에 죄를 안 짓는 것이 아니라 나 자신 때문에 안 짓는 것이다.

너희 자신을 종으로 드려 누구에게 순종하든지 그 순종함을 받는 자의 종이 되는 줄을 너희가 알지 못하느냐 혹은 죄의 종으로 사망에 이르고 혹은 순종의 종으로 의에 이르느니라

6: 16

하나님께서는 인간에게 자기를 누구한테 복종시킬 것인지 결정할 수 있는 자유를 주셨다. 그리고 그 자유를 간섭하지 않으셨으며 앞으로도 하지 않으실 것이다.

선택은 언제나 양자택일이다. 사람의 말을 들을 것인가?(그 '사람'이 자기 자신이든 남이든 결과는 마찬가지다.) 아니면 하나님의 말씀〔命〕을 따를 것인가? 이쪽을 따르면 죽고 저쪽을 따르면 산다. 이쪽을 따르는 것은 저쪽을 거스르는 것이요, 저쪽을 따르는 것은 이쪽을 거스르는 것이다. 그래서 옛사람이 말하기를, 성인(聖人)은 눈〔目〕을 위하지 않고 배〔腹〕를 위한다고 했다. 눈은 밖으로만 치달리는 끝없는 탐욕의 창구(窓口)요 배는 모든 것을 받아들이면서 끝없이 비우는 내면의 창고(倉庫)다.

하나님께 감사하리로다 너희가 본래 죄의 종이더니 너희에게 전하여 준 바 교훈의 본을 마음으로 순종하여 죄에게서 해방되어 의에게 종이 되었느니라 6: 17~18

죄의 종 노릇을 하던 사람이 죄에서 벗어나 의의 종으로 되었다. 그런데 그것이 어째서 하나님께 감사드릴 일인가? 그 일을 처음 계획하시고 마침내 이루신 분이 하나님이신 까닭이다.

사망에서 영생으로

죽음 아니면 삶이다. 거듭 말하거니와 어중간은 없다. 사람은 둘 가운데서 하나를 택해야 한다.

죽음은 죄(罪)와 통하고 생명은 의(義)와 통한다. 여기서 바울이 말하는 '죽음'은 단순한 육신의 사망이 아니다. 마찬가지로 그가 말하는 '생명'은 죽어도 죽지 않는 영생(永生)이다.

너희 육신이 연약하므로 내가 사람의 예대로 말하노니 전에 너희가 너희 지체를 부정과 불법에 드려 불법에 이른 것같이 이제는 너희 지체를 의에게 종으로 드려 거룩함에 이르라

6: 19

"육신이 연약하다"는 말은 근육이 부실하고 뼈가 단단치 못하다는 뜻이 아니다. 예수님이 겟세마네 동산에서 잠을 이기지 못하는 제자들에게 하신 말씀, "마음에는 원이로되 육신이 약하도다"(「마」 26: 41)를 연상케 한다. 그러나 문맥을 살펴보면 이해력의 부족을 암시하는 말일 수 있다.("여러분의 이해력이 미치지 못할까 하여"—공동번역)

자유인과 종의 존재는 당시 로마 사람들에게 매우 익숙한 개념이었다. 바울은 그들이 잘 알아들을 수 있도록, 말하자면 그들의 용어를 써서 복음을 설명하고 있다.

그리스도를 알고 그의 제자가 되기 전까지 사람들은 자기 지체[몸]를 죄짓는 일에 사용했다. 그런데 바울은 너희가 스스로 죄를 지었다고 말하는 대신 "너희 지체를 부정과 불법에 드려 불법에 이르렀다"고 한다. 자기 몸을 불법에 바쳐서 불법으로 하여금 그 몸을 가지고 불법을 저지르게 했다는 말이다.

사람이 죄를 짓는 일에 책임이 없다 할 수는 없으나 실제로 죄를 짓는 것은 사람이 아니라 죄다. 사람은 다만 자신을(자기 몸을) 죄에다 내어맡기는 우(愚)를 범할 따름이다. 그리고 바울의 말에 따르면, 바로 그 어리석음[愚]이 인간을 마침내 사망에 이르도록 하는 범죄인 것이다.

사람이 죄에 대하여 가졌던 관계의 틀을 그대로 유지한 채 다만 상대를 의로 바꾸기만 하면, 그 결과는 영생하는 거룩한 존재로 되는 것이다. 그러나 여기서도 그가 스스로(자기 힘으로) 의롭게 되는 것이 아니라 자신을 의에게 내어맡김으로써 의로 하여금 그 몸을 가지고 거룩한 의에 이르도록 하는 것이다.

너희가 죄의 종이 되었을 때에는 의에 대하여 자유하였느니라 너희가 그때에 무슨 열매를 얻었느뇨 이제는 너희가 그 일을 부끄러워하나니 이는 그 마지막이 사망임이니라

6: 20~21

"의에 대하여 자유했다"는 말은 의와 아무 상관이 없었다는 말이다. 그럴 때 사람은 무슨 열매를 맺는가?

"속에서 곧 사람의 마음에서 나오는 것은 악한 생각 곧 음란과 도적질과 살인과 간음과 탐욕과 악독과 속임과 음탕과 흘기는 눈과 훼방과 교만과 광패니 이 모든 악한 것이 다 속에서 나와서 사람을 더럽게 하느니라."(「막」 7 : 21~22)

그리고 이 모든 더러운 것들의 마지막은 '죽음'이다. 그런데 '죽음'(십자가)을 경험하지 않고서는 '생명'(부활)을 경험할 수 없다는 것이 그리스도교 복음의 핵심이다. 죄의 종으로 온갖 부끄러운 짓을(그것이 부끄러운 짓인지도 모르고) 저질러보지 않은 사람은 거룩한 의를 이루는 게 어떤 것인지 모른다. 가출한 자만이 집으로 돌아올 수 있고 넘어진 자만이 일어설 수 있다. 그런즉 죄의 종으로 살았던 부끄러운 과거가 알고 보면 은총과 축복(의 씨앗)이었던 것이다.

그러나 이 놀라운 전환은 인간이 스스로 조작해 낼 수 있는 것이 아니라 그것을 깨달아 알도록 몸소 가르쳐주시는 스승(예수)을 만날 때 비로소 가능한 일이다.

그러나 이제는 너희가 죄에게서 해방되고 하나님께 종이 되어 거룩함에 이르는 열매를 얻었으니 이 마지막은 영생이라
죄의 삯은 사망이요 하나님의 은사는 그리스도 예수 우리 주 안에 있는 영생이니라 6 : 22~23

"의에 대하여 자유롭던" 자가 그리스도를 만나 그의 제자가 되면서 "죄에 대하여 자유로운" 자로 되었다.

'죄로부터의 해방' 은 사람이 스스로 이루어낸 것이 아니라 위로부터 주어진 것이다. 그래서 은사(恩賜)다. 그러나 아무리 좋은 선물이라도 받는 쪽에서 그것을 받지 않으면 아무것도 아니다. 은사를 은사로 되게 하는 것은 받아들이는 자의 받아들임이다. 그것을 다른 말로 '믿음' 이라고 한다. 하늘나라에 '들어갈' 자격은 먼저 그 나라를 '받아들일' 줄 아는 자에게 주어진다.(「막」 10: 15) 그래서 믿음 없이는 하나님을 기쁘게 해드리지 못한다.(「히」 11: 6)

선물을 주는 쪽의 기쁨은 그것을 받는 쪽에서 고맙게 받아들일 때 비로소 이루어지기 때문이다.

죄의 종이 되어 마침내 '죽음' 으로 귀결되는 온갖 부끄러운 열매를 맺던 자가 그리스도를 만나 그의 제자가 되면서 하나님의 종으로 되어 마침내 '영생' 으로 귀결되는 성화(聖化)의 열매를 맺는다! 죽음은 죄를 지은 대가로 받지 않을 수 없는 삯이요 영생은 아무 전제 조건 없이 하나님께서 주시는 값없는 은사다. 양극(兩極)의 대칭이 엄숙하고 아름답다.

형제들아 내가 법 아는 자들에게 말하노니 너희는 율법이 사람의 살 동안만 그를 주관하는 줄 알지 못하느냐 남편 있는 여인이 그 남편 생전에는 법으로 그에게 매인 바 되나 만일 그 남편이 죽으면 남편의 법에서 벗어났느니라 그러므로 만일 그 남편 생전에 다른 남자에게 가면 음부라 이르되 남편이 죽으면 그 법에서 자유케 되나니 다른 남자에게 갈지라도 음부가 되지 아니하느니라 그러므로 내 형제들아 너희도 그리스도의 몸으로 말미암아 율법에 대하여 죽음을 당하였으니 이는 다른 이 곧 죽은 자 가운데서 살아나신 이에게 가서 우리로 하나님을 위하여 열매를 맺히게 하려 함이니라. 우리가 육신에 있을 때에는 율법으로 말미암는 죄의 정욕이 우리 지체 중에 역사하여 우리로 사망을 위하여 열매를 맺게 하였더니 이제는 우리가 얽매였던 것에 대하여 죽었으므로 율법에서 벗어났으니 이러므로 우리가 영의 새로운 것으로 섬길 것이요 의문(儀文)의 묵은 것으로 아니할지니라

7: 1~6

아무리 포악한 군주라도 시체를 자기 앞에 복종시킬 수는 없다. 죄와 인간의 관계가 그와 같으니, 죄에 대하여 죽은 사람을 죄짓게 만들 수는 없는 일이다. 죄가 사람을 죄짓게 할 수 없다면 그 죄는 죽은 것이나 마찬가지다. 그리스도 예수, 그분은 죄에 대하여 스스로 죽으심으로써 죄를 무력하게 만드신 분이다.

그리스도인은 그리스도를 믿는 사람이다. 그리스도를 믿는 것은 그와 한 몸이 되는 것이다. 그리하여 그분이 죄에 대하여 죽으실 때 함께 죽고(그래서 죄를 죽이고) 그분이 의에 대하여 살아나실 때 함께 살아나는(그래서 의를 살리는) 사람, 그가 곧 그리스도인이다.

여기에 이르러 바울의 증언에 약간 도약(跳躍)이 있다. 죄의 자리에 율법을, 의(義)의 자리에 영(靈)을 앉힌 것이다.

율법과 거울

여기 도둑질을 하는 사람이 있다. 만일 "도둑질하지 말라"는 법(法)이 없다면 그는 죄를 지으면서 자기가 죄를 짓고 있다는 사실을 모를 것이다. 그러니 "법이 그를 죄인으로 만들었다"고 말해도 그릇된 것은 아니다. 그러나 과연 사람으로 하여금 죄를 짓게 하는 것이 법일까?

그런즉 우리가 무슨 말 하리요 율법이 죄냐 그럴 수 없느니라. 율법으로 말미암지 않고는 내가 죄를 알지 못하였으니 곧 율법이 탐내지 말라 하지 아니하였더면 내가 탐심을 알지 못하였으리라 그러나 죄가 기회를 타서 계명으로 말미암아 내 속에서 각양 탐심을 이루었나니 이는 법이 없으면 죄가 죽은 것임이니라 7 : 7 ~ 8

거울은 얼굴에 묻은 때를 보여줄 따름이다. 거울을 치운다고 해서 몸의 때가 없어지는 것은 아니다. 법과 죄의 관계가 그와 같다. 법을 무시한다고 해서 죄가 씻어지는 것은 아니다.

거울이 없으면 얼굴에 무엇이 묻었는지 알 수 없다. 몸에 때가 묻어 있음을 알아야 그것을 닦아낼 수 있다. 거울이 몸을 깨끗게 하는 데 도움이 되듯이 율법 또한 죄를 씻는 데 도움이 된다.

법(계명)이 죄를 짓게 하는 것은 아니다. 법(계명)으로 말미암아 죄가 죄로 밝혀지는 것이다. 그래서 "죄가 기회를 타서 계명으로 말미암아 내 속에서 각양 탐심을 이루었다"고 했다. 죄가 기회를 탄다는 말은 사람이 죄지을 만한 틈이 생겼을 때 놓치지 않고 그리로 사람을 이끈다는 말이다. 하나님께서 동생 아벨의 제물을 받으시고 자기의 것은 받지 않으셨을 때, 카인은 화가 나서 얼굴색을 바꾸었다. 이에 하나님이 말씀하셨다. "네가 분하여 함은 어찜이며 안색이 변함은 어찜이뇨 네가 선을 행하면 어찌 낯을 들지 못하겠느냐 선을 행치 아니하면 죄가 문에 엎드리느니라. 죄의 소원은 네게 있으나 너는 죄를 다스릴지니라."(「창」 4: 6~7) 카인은 문 앞에 엎드려 있는 죄를 못 본 척할 수 있었지만 오히려 일으켜세웠다. 그러자 그의 문 앞에 엎드려 있던 죄가 기회를 놓치지 않고 카인으로 하여금 최초의 살인자가 되게 하였다.

사람을 죽이지 말라는 계명(법)이 없었다면 그의 행위가 어찌 죄가 되었으랴? 그래서 "법이 없으면 죄가 죽은 것"이라고 했다.

전에 법을 깨닫지 못할 때에는 내가 살았더니 계명이 이르매 죄는 살아나고 나는 죽었도다 생명에 이르게 할 그 계명이 내게 대하여 도리어 사망에 이르게 하는 것이 되었도다

7: 9~10

법이 없으면 무슨 짓을 해도 허용이 된다. 식인종은 사람을 잡아먹는데 그것이 죄가 되지 않는다. 식인(食人)을 금하는 법이 없기 때문이다. 그런데 그들이 식인을 금하는 법을 만들면 그때부터 그들은 죄인이 되어, 이전에 마음대로 살던 삶을 잃게 된다. 죄는 살고 사람은 죽는 것이다.

그러면 법은 왜 만들어졌는가? 사람을 죽이기 위해서인가? 아니다. 거울이 사람을 깨끗하게 하기 위해서 만들어졌듯이 법도 사람을 살리기 위해서 만들어졌다. 그런데 그 법이 죄에 의하여 이용됨으로써 오히려 사람을 죽음에 이르도록 돕고 있는 것이다.

죄가 기회를 타서 계명으로 말미암아 나를 속이고 그것으로 나를 죽였는지라 이로 보건대 율법도 거룩하며 계명도 거룩하며 의로우며 선하도다 7 : 11 ~ 12

죄가 기회를 타서 카인으로 하여금 아벨을 죽이게 이끈 다음, 살인을 금하는 법으로 옭아 매어 그를 죄인으로 만들었다. 그렇게 해서 마침내 카인은 죽게 되었다.

그러나 카인을 죄인으로 만든 것은 율법도 계명도 아니다. 죄가 그를 속여서 죄인으로 만들었다. 카인의 잘못은 죄한테 속은 것이었다. 네가 아무리 나를 화나게 해도 나는 너의 언행을 보는 대신 오직 하나님을 바라볼 것이다! 카인이 만일 이렇게 생각했다면, 그리고 그대로 실천했다면, 인류 최초의 살인자라는 욕된 이름을 얻는 대신 인류 최초의 성인(聖人)이 되었으리라.

그런즉 선한 것이 내게 사망이 되었느뇨 그럴 수 없느니라 오직 죄가 죄로 드러나기 위하여 선한 그것으로 말미암아 나를 죽게 만들었으니 이는 계명으로 말미암아 죄로 심히 죄되게 하려 함이니라 7: 13

"하나님을 사랑하는 자 곧 그 뜻대로 부르심을 입은 자들에게는 모든 것이 합력하여 선을 이루느니라."(8: 28) 이 말이 진실일진대, 율법으로 말미암아 죄가 죄로 드러나고 그래서 마침내 죽게 된 것도 '합력하여 선을' 이루는 '모든 것'에 포함된다.

넘어지지 않은 자를 일으킬 수 없고 잠들지 않은 자를 깨울 수 없고 죽게 되지 않은 자를 살려낼 수 없다. 인간의 죄를 죄로 드러내는 것이야말로 거룩한 계명의 선한 사명이다. 맑은 거울이 더러움을 드러내어 사람을 깨끗함으로 이끌듯이, 계명은 "죄로 심히 죄되게 하여" 결국 죄인으로 하여금 구원의 손길을 바라보게 한다.

우리가 율법은 신령한 줄 알거니와 나는 육신에 속하여 죄 아래 팔렸도다. 나의 행하는 것을 내가 알지 못하노니 곧 원하는 이것은 행치 아니하고 도리어 미워하는 그것을 함이라 7: 14~15

바울이 말하는 육신이란, 인간의 살과 피를 가리키는 것이 아니다. 그것은 하나님의 뜻을 거역하는 아담의 몸이다.

범인(凡人)은 자기 몸을 자기 뜻대로 부리지 못한다. 예컨대 자기 뜻대로 감정을 내지 못하고 오히려 감정의 부림을 당한다. 성인은 자기 감정을 자기 의지에 따라 자유자재로 부린다. 그래서 화를 낼 때는 화를 내고 기뻐할 때는 기뻐하는데 그렇게 하여 모든 사람을 유익하게 한다. 반대로 범인은 화를 내든 기뻐하든 자기 감정에 휘둘림으로써 자신은 물론 다른 사람들까지 다치게 한다.

영적인 사람은 '영' 이신 하나님의 뜻을 따라 살고 육적인 사람은 '육' 인 사람의 뜻을 따라 산다. 영적인 사람은 영과 육이 일치되어 있고 육적인 사람은 영과 육이 분열되어 있다. 그래서 그의 '영' 은 이것을 원하는데 그의 '육' 은 저것을 한다.

만일 내가 원치 아니하는 그것을 하면 내가 이로 율법의 선한 것을 시인하노니 이제는 이것을 행하는 자가 내가 아니요 내 속에 거하는 죄니라 7: 16~17

내가 어떤 일을 하면서 그 일을 원치 않는다면, 그런 일을 해서 안 된다는 것을 알고 있기 때문이다. 따라서 무슨 일을 원치 않으면서 한다는 사실이 그것을 금지한 율법의 정당성을 반증(反證)한다.

내가 원치 않는 어떤 일을 하는 까닭은 스스로 내 몸을 장악하지 못하고 오히려 '죄' 로 하여금 사령탑 노릇을 하도록 내 몸을 내어주었기 때문이다.

오호라, 나는 곤고한 사람이로다

바울은 한 입으로 극(極)과 극(極)을 이루는 두 가지 고백을 한다. 하나는 "이제는 내가 산 것이 아니요 오직 내 안에 그리스도께서 사신 것이니라"(「갈」 2: 20)는 고백이고 다른 하나는 "내가 원하는 바 선은 하지 아니하고 도리어 원치 아니하는 바 악은 행하는도다 만일 내가 원치 아니하는 그것을 하면 이를 행하는 자가 내가 아니요 내 속에 거하는 죄니라"(7: 19~20)는 고백이다. 이것은 모순 아닌가? 그렇다. 바울은 이 모(矛)와 순(盾)을 한 몸에 지니고 살아간 사람이었다. 그리고 예수 그리스도를 통하여 그 모순을 극복한 사람이었다.

내 속 곧 내 육신에 선한 것이 거하지 아니하는 줄을 아노니 원함은 내게 있으나 선을 행하는 것은 없노라 7: 18

"원함은 내게 있으나 선을 행하는 것은 없노라."

이 말을 풀어 읽으면, 선을 행하고자 하는 마음은 있는데 그것을 실천할 만한 힘이 없다는 고백이다.

겟세마네 동산에서 졸고 있는 베드로에게 하신 예수님 말씀이 떠오른다. "시험에 들지 않게 깨어 있어 기도하라. 마음에는 원이로되 육신이 약하도다."(「막」 14 : 38)

몸(육신)에는 자체의 의지라는 것이 없다. 다만 오랜 관습에 절어 있어서 마음의 다스림을 받지 않으면 전에 하던 대로 움직이려는 성향을 지닐 뿐이다. 주인이 졸고 있을 때 버릇대로 기생집을 찾아가는 김유신 화랑의 말〔馬〕과 같다. 그래서 주님은 우리에게 늘 깨어 있으라고 말씀하시는 것이다.

"육신이 약하다"는 말은 새겨들을 필요가 있다. 사실 육신은 강한 것도 아니고 약한 것도 아니다. 그것이 깨어 있을 때에는 주인의 의지를 따라 움직이지만 잠들어 있을 때에는 주인의 의지와 상관없이 움직인다. 그래서 전자를 강하다고 하고 후자를 약하다고 하는 것이다. 베드로가 졸음을 이기지 못하고 잠을 잔 것은 그날 밤 그의 몸이 깨어 있지 못했기 때문이다. 잠을 잤기 때문에 깨어 있지 못한 것이 아니라 깨어 있지 못했기에 잠을 잔 것이다.

"깨어 있다"는 것은 "알고 있다"는 말이다. 자기 존재의 목적과 의미를 밝히 알고 그것을 늘 기억하고 있는 사람은 몸으로 잘못을 범하지 않는다. 매순간 무엇을, 왜, 그리고 어떻게 선택 · 결단할 것인지를 알고 있기 때문이다. 그러나 알고 있는 것만으로는 몸이 마음대로 움직여주지 않는다. 그래서 주님은 깨어 있어 "기도하라"고 하셨다.

사람의 몸(육신)에는 선한 것이 거하지 않지만 악한 것도 거하지 않는다. 선이 없다는 말은 악이 없다는 말과 같은 말이기 때문이다. 사람의 몸에는 다만 하나님의 영(靈)이 거하실 뿐이다.("너희 몸은 너희가 하나님께로부터 받은 바 너희 가운데 계신 성령의 전인 줄을 알지 못하느냐"—「고전」6: 19) 우리가 깨어 있어 기도할 때에는 몸이 하나님의 영에 복종하지만 잠들어 있을 때에는 오랜 관습에 따라 기계처럼 반응을 보일 뿐이다.

내가 원하는 바 선은 하지 아니하고 도리어 원치 아니하는 바 악은 행하는도다 7: 19

엄살도 아니다. 빈말도 아니다. 자신이 그리스도의 사도임에 대단한 자부심을 가졌던 바울로서는 하기 힘든 고백이었을 것이다. 그러나 바로 이 고백 덕분에 바울은 참된 사도로 존재할 수 있었다. 사도가 사도인 것은 그의 유능(有能) 때문이 아니라 무능(無能) 때문이다.

만일 내가 원치 아니하는 그것을 하면 이를 행하는 자가 내가 아니요 내 속에 거하는 죄니라 7: 20

예를 들어, 화가 났을 때 내가 화를 낸다기보다는 화가 나를 휘두르고 있다는 느낌을 가지게 된다. 그럴 때 나는, 내가 태어나기 전부터 내 몸 속에 들어와 있는 태산 같은 '힘' 또는 '성향'에 부닥친다.

"내 속에 거하는 죄"는 내가 불러들인 것이 아니다. 그것은 내가 태어나기 전에 이미 내 몸에 들어와 있는 원초적 성향이다. 나 혼자 힘만으로는 어쩌지 못할 거대한 장벽이요 흐름인 것이다.

그러므로 내가 한 법을 깨달았노니 곧 선을 행하기 원하는 나에게 악이 함께 있는 것이로다 7 : 21

성선설이 옳으면 성악설도 옳다. 그러나 만일 성악을 배제한 성선을 말한다면 그것은 그릇된 설이다. 선이 있는 곳에는 반드시 악이 있기 때문이다. 빛이 있어서 어둠이 있는 것이다. 태양이 없으면 그림자도 없다.

그러나 자기 몸에 이와 같은 '법'이 있음을 아는 사람은 매우 드물다. 그래서 옛 어른 말씀에, "무엇을 좋아하면서 그것의 나쁜 점을 알고 무엇을 싫어하면서 그것의 좋은 점을 아는 자 세상에 드물다"(『大學』, 8장)고 했다.

바울이 구원받을 수 있었던 것은 경험을 통해 깨달은 바, 성선이면서 성악인 자기 존재의 비밀에 대한 분명한 인식 덕분이었다. 자기가 병들었음을 모르거나 인정하지 않는 자는 의사를 찾지 않는다.

내 속 사람으로는 하나님의 법을 즐거워하되 내 지체 속에서 한 다른 법이 내 마음의 법과 싸워 내 지체 속에 있는 죄의 법 아래로 나를 사로잡아 오는 것을 보는도다 7 : 22~23

하나님이 성부 · 성자 · 성령 삼위일체시듯이 그분의 형상으로 빚어진 인간도 영 · 마음 · 몸으로 이루어진 삼위일체다.

영은 한결같이 하나님의 법을 즐거워하고 오직 그 법을 좇고자 한다. 모든 사람의 영이 이 점에서 똑같다. 영은 몸과 마음이 자신의 뜻에 따르기를 바란다. 그러나 그것을 억지로 강요하지는 않는다.

몸과 마음이 영의 뜻을 좇아 그대로 살아가는 사람을 '완전한 존재' 라고 부른다. 나사렛 예수가 바로 그런 분이셨다.

바울은 자기 몸 속에서 갈등하는 두 '힘' 을 느끼고 있다. 하나는 하나님의 법을 즐거워하는 속사람〔靈〕의 힘이고 다른 하나는 죄의 법을 따르는 겉사람〔肉〕의 힘이다. 이 두 '힘' 의 줄다리기에서 벗어나지 못한 사람이 죄인이라면 거기서 해방된 사람이 곧 구원받은 사람이다. 어떻게 이 '해방' 을 얻을 것인가?

오호라 나는 곤고한 사람이로다 이 사망의 몸에서 누가 나를 건져내랴 우리 주 예수 그리스도로 말미암아 하나님께 감사하리로다 그런즉 내 자신이 마음으로는 하나님의 법을, 육신으로는 죄의 법을 섬기노라 7 : 24~25

줄탁동시(啐啄同時)! 병아리가 속에서 알껍질을 쪼는 것〔啐〕과 어미닭이 밖에서 알껍질을 쪼는 것〔啄〕이 동시에 이루어질 때 마침내 새 생명은 태어난다. 바울의 속사람이 겉사람의 굴레를 벗으려고 속에서 "오호라!" 하고 부르짖을 때 예수님이 그의 이름을 크게 부르시어 문득 새 사람으로 태어나게 하셨다. 이 모두가 하나님의 섭리다. 어찌 감사드리지 않을소냐?

육신의 생각은 사망이요……

하나님께서는 그리스도 예수를 보내시어 바울을 '사망의 몸'(죄를 지어 죽게 된 몸)에서 건지셨다. 이로써 바울은 그리스도 예수 안에 있는 존재가 되었다.

하나님께서 당신 외아들을 세상에 보내신 것은 지금 이 글을 쓰고 있는 이 아무개를 '사망의 몸' 에서 건지기 위해서였다. 그리고 또한 이 글을 읽고 있는 그대를 위해서였다. 이 비밀을 깨달아 아는 순간, 그대와 이 아무개는 '그리스도 안에 있는 사람' 이 된다. 아무리 좋은 보물을 가지고 있어도 그것이 보물인 줄을 모른다면 보물을 가지고 있는 게 아니다.

그러므로 이제 그리스도 예수 안에 있는 자에게는 결코 정죄함이 없나니 이는 그리스도 예수 안에 있는 생명의 성령의 법이 죄와 사망의 법에서 너를 해방하였음이라 8：1～2

내가 물을 마신다. 내가 마신 물은 내 안에 들어오면서 곧장 '나' 로 된다. '예수 안에 있는 사람' 은 예수에게 삼키운 사람이요 그래서 마침내 예수가 된 사람이다. 그런 사람에게는 정죄(定罪)

함이 없다.

예수에게 삼키워 예수로 된 자는 죄를 범하고 싶어도 범할 수 없다. 장미나무가 엉겅퀴꽃을 피울 수 없는 것과 같은 이치다. 예수 안에는 "생명을 누리게 하는 성령의 법"(공동번역)이 있어서 그것이 "죄와 죽음의 법"에서 우리를 해방시킨다.

나에게 더 이상 정죄함이 없는 것은 내가 삼가 조심하여 죄를 짓지 않기 때문이 아니라, 그리스도 예수께서 나와 내 모든 행실을 삼켜 당신 것으로 만드셨기 때문이다.

삼키운 자보다 삼킨 자가 더 크다. 나보다 예수가 더 크시다. 고맙고 반가운 일이다. 그러나 만일 나의 에고(ego)가 그분보다 더 크게 행세한다면, 그렇다면 나는 정죄받지 않는 자의 복을 누리지 못할 것이다.

그는 흥하여야 하고 나는 쇠해야 한다(「요」3 : 30)고 말할 수 있었던 세례 요한은 과연 행복한 사람이 되는 비결을 알고 있었다.

율법이 육신으로 말미암아 연약하여 할 수 없는 그것을 하나님은 하시나니 곧 죄를 인하여 자기 아들을 죄 있는 육신의 모양으로 보내어 육신의 죄를 정하사 육신을 좇지 않고 그 영을 좇아 행하는 우리에게 율법의 요구를 이루어지게 하려 하심이니라 8: 3~4

누구도 율법을 완벽하게 지켜내지 못한다. 육신의 한계 때문이다. 율법을 완벽하게 지키면 살 수 있는데 그러지를 못하니 죽을 수밖에 없다. 그런데 하나님께서 살 길을 열어주셨다. 당신 아들을 보내시어, 육신의 한계(약함)를 벗고 죽음을 면할 수 있는 길을 열어주신 것이다. 예수께서 보여주신 길은, 성령을 살리고 육신을 죽이는 길이다.(육신을 죽인다는 말은 자결을 한다는 말이 아니라 내 뜻을 아버지 뜻 앞에서 꺾는다는 말이다.)

누구든지 예수를 믿고 그에게 삼키운 바 되어 그와 한 몸을 이루면, 그에게서 율법의 모든 요구(생명을 얻는 데 필요한 조건들)가 이루어진다. 예수 안에 들어가는 순간, "육신을 좇지 않고 그 영(靈)을 좇아 행하는" 사람으로 되기 때문이다.

육신을 좇는 자는 육신의 일을 영을 좇는 자는 영의 일을 생각하나니 육신의 생각은 사망이요 영의 생각은 생명과 평안이니라 8: 5~6

사람의 육신은 본디 흙으로 빚어진 것이라 역발산기개세(力拔山氣蓋世)의 항우(項羽)라 해도 그 육신은 끝내 한줌 티끌로 돌아가고 만다. 그러나 영(靈)은 본디 하나님의 것이라 죽고 싶어도 죽을 수 없다.

육신을 좇아서 살아가는 사람은 육신의 일밖에 모른다. 돈 버는 것을 인생 목표로 삼은 자에게는 모든 것이 돈으로만 보인다. 반면에 영을 좇아서 살아가는 사람은 언제나 영의 일만 생각한다.

한 인간의 생애는 그가 평소에 생각하는 바의 결실이다. 좋은 생각은 좋은 열매를 맺고 나쁜 생각은 나쁜 열매를 맺는다. 모든 것이 마음(생각)에서 나온다.(一切唯心造)

육신의 생각은 하나님과 원수가 되나니 이는 하나님의 법에 굴복치 아니할 뿐 아니라 할 수도 없음이라 육신에 있는 자들은 하나님을 기쁘시게 할 수 없느니라 8 : 7~8

육신은 누구의 육신이라 해도 마찬가지다. 예수님도, 그 육신이 바라는 것은 십자가를 지지 않는 것이었다.("아버지께서는 무엇이든 다 하실 수 있으시니 이 잔을 나에게서 거두어주소서"—「막」 14 : 36) 예수님이 하나님께서 기뻐하시는 아들, 그 마음에 드는 아들(「막」 1 : 11)로 되신 것은 육신의 생각을 지우고 그 자리에 '아버지의 뜻'을 세우셨기 때문이다.

육신의 생각에 머물러 있는 한 누구도 하나님을 기쁘시게 못한다. 그분의 법에 복종하지 않을 뿐 아니라 복종하고 싶어도 할 수 없기 때문이다. 육신의 생각에 머물러 있다는 것은 무엇을 뜻하는가? 묻지 말아라. 그대 이미 알고 있지 않은가?

만일 너희 속에 하나님의 영이 거하시면 너희가 육신에 있지 아니하고 영에 있나니 누구든지 그리스도의 영이 없으면 그리스도의 사람이 아니라 또 그리스도께서 너희 안에 계시면 몸은 죄로 인하여 죽은 것이나 영은 의를 인하여 산

것이니라 8: 9~10

육신을 좇아서 살아가는 사람과 영을 좇아서 살아가는 사람은 어떻게 다른가? 그 속에 하나님의 영이 거하시는 사람은 영을 좇아서 살아가는 사람이고 그렇지 아니한 사람은 육신을 좇아서 살아가는 사람이다. 사람의 몸은 하나님의 영이 머무시는 거룩한 집이다.(「고전」 3: 16) 그러나 그 거룩한 집을 강도의 소굴 또는 철옹성 같은 감옥으로 만들 수도 있는 게 인간이다.

하나님의 영은 만인(萬人) 속에 계신다. 그분은 아니 계신 곳이 없기 때문이다. 그러나 하나님의 영이 모든 인간 속에 주인으로 모셔져 있는 것은 아니다. 오히려 당신의 영토에서 추방당한 임금처럼 갇혀 계시는 경우가 더 흔하다.

그리스도의 사람은 그리스도의 영을 모시고 사는 사람이다. 자기 몸 속에다가 그리스도의 영을 가두어 질식시키는 사람이 아니다. 그런 사람이 자유를 얻고자 한다면 먼저 제 속에 갇혀 있는 그리스도를 해방시켜 드려야 한다.

그리스도를 주인으로 자기 몸에 모시고 사는 사람은 사이불망(死而不亡)이라, 죽어도 죽지 않는다.

예수를 죽은 자 가운데서 살리신 이의 영이 너희 안에 거하시면 그리스도 예수를 죽은 자 가운데서 살리신 이가 너희 안에 거하시는 그의 영으로 말미암아 너희 죽을 몸도 살리시리라 8: 11

한 사람에게 가능한 일은 모든 사람에게 가능하다. 단, 너와 나를 구분 짓는 육신의 법을 좇는 사람에게는 이 원리가 통하지 않는다. 영의 법은 통일이요 육의 법은 분열이다.

어느 법을 따를 것인가? 우리의 생사가 여기에 달려 있다.

아빠 아버지

사람이 살아 있다는 것은 반응을 보인다는 것이다. 시체는 어떤 일에도 반응을 보이지 않는다. 그런 뜻에서 멀쩡한 몸으로 돌아다니지만 과연 '살아 있는 사람' 이라고 말할 수 있을까 의심스러운 사람이 없지 않다. 바로 이웃에 굶어서 죽어가는 사람이 있는데 그를 아침저녁으로 보면서도 기름진 음식을 배불리 먹고 남은 것을 쓰레기통에 태연스레 버린다면, 그는 이웃의 고통에 아무 반응을 보이지 않은 것이니 살아 있는 사람이라고 하기 어렵다. 「누가복음」 16장에 기록된 부자와 나사로 이야기에서 부자가 지옥에 떨어진 까닭은 그가 무슨 나쁜 짓을 했기 때문이 아니라 거지 나사로에게 아무 반응도 보이지 않았기 때문이다. 다시 말하면, 그는 몸은 살았으나 살아 있는 사람으로 살지 않았으니 실은 죽은 사람이었다. 하늘나라는 살아 있는 자들의 나라다. 그러니 부자가 어찌 그 나라에 들어갈 수 있겠는가? 땅에서 죽은 자는 하늘나라에 들어갈 수 없다.

그런데, 그런 사람이 만일 예수님을 만나 이웃의 현실에 반응을 보이게 된다면 그것을 일컬어 "죽었던 사람이 살아났다"고 할 수 있겠다. 사람이란, 사지(四肢)가 멀쩡하게 움직인다 해서 살아 있다고 할 수 없는 존재다. 만물 가운데 하나님의 형상으로 지음받은 유일한 존재이기 때문이다.

그러므로 형제들아 우리가 빚진 자로되 육신에게 져서 육신대로 살 것이 아니니라 너희가 육신대로 살면 반드시 죽을 것이로되 영으로써 몸의 행실을 죽이면 살리니 무릇 하나님의 영으로 인도함을 받는 그들은 곧 하나님의 아들이라

8: 12~14

'빚진 자'라는 말은 무엇을 얻어서 가지게 된 자, 처음부터 자기 것이 없는 자라는 뜻이다. 인간이 그런 존재다. 육신도 내가 스스로 만든 것이 아니요 영혼도 물론 그렇다. 내 것이라고 주장할 물건은 하나도 없다. 우선 자기 몸부터 자기 것이 아닌데 그 몸에 있는 무엇이 자기 것이겠는가?

"육신에게 빚진다"는 말은 육신으로 주인을 삼는다는 말이다. 그렇게 되면 인생이 다만 육신의 법을 좇아 살 따름인데, 겉으로 나타난 현상만 보면 건강하게 살아 있는 것 같지만 사실은 죽은 몸이나 다름없다. 육신에게 '죽음'은 시간 문제다. '시간 문제'라는 말은 이미 모든 것이 결판 났을 때 쓰는 말이다. 그러니 육신만 가지고 말한다면 태어날 때 벌써 죽은 것이나 마찬가지다. 그러기에 "육신대로 살면" 반드시 죽는다. 육신만 가지고 사는 자에게는 지금 죽으나 십 년 뒤에 죽으나 다를 게 없다. 그러나 만일 그 사이에 하나님의 영으로 인도함을 받게 되는 '사건'이 발

생한다면, 아침에 죽는 것과 저녁에 죽는 것이 하늘 땅만큼이나 다른 것이다. 그래서 공자는 "아침에 도(道)를 얻으면 저녁에 죽어도 좋다"고 했다. 만약에 도를 얻지 못한다면 천 년을 살든 만 년을 살든 그 오랜 세월에 무슨 의미가 있겠는가?

오늘도 우리가 '하루의 삶'을 얻어 육신을 부지(扶持)하는 데는, 하나님의 영으로 인도함을 받을 기회를 누리게 되었다는 것 말고 다른 아무 의미가 없는 것이다.

너희는 다시 무서워하는 종의 영을 받지 아니하였고 양자의 영을 받았으므로 아바 아버지라 부르짖느니라 8 : 15

종은 주인을 두려워한다. 그러나 아들은 아버지를 겁내지 않는다. 그것도 젖먹이는 결코 아버지를 겁내는 법이 없다.

그동안 사람들은 하나님을 두려워할 줄만 알았다. 그렇게만 배우고 가르쳤다.(구약에는 하나님을 '아빠'라고 부른 경우가 없다.) 그런데 예수님이 오셔서 하나님을 '아빠 아버지'로 부르셨다.(「막」 14 : 36) 바로 그 예수님의 영을 물려받은 그리스도인 또한 하나님을 아빠 아버지로 부르게 되었다.

'아바'는 '아빠'다. 코흘리개 어린아이가 아버지를 부를 때 쓰는 호칭이다. 하나님 나라에는 어린아이같이 되지 못한 자는 들어갈 수 없다. 하나님께 응석부리며 '아빠'라고 부를 수 있는 그런 사람만이 들어간다. 스스로 젖먹이처럼 되지 않고서야 '아빠'라고 부를 수 없는 일이다. 노자는, 기(氣)를 오롯이 다스려 젖먹이처럼 부드러울 수 있느냐고 물었다. 그렇게 된 사람이 노자의 성인(聖人)이다.

성령이 친히 우리 영으로 더불어 우리가 하나님의 자녀인 것을 증거하시나니 자녀이면 또한 후사 곧 하나님의 후사요 그리스도와 함께한 후사니 우리가 그와 함께 영광을 받기 위하여 고난도 함께 받아야 될 것이니라 8: 16~17

하나님의 성령과 우리의 영은 어떤 관계인가?

서로 다른 것인가? 같은 것인가?

다르기도 하고 같기도 하다. 달리 말하면, 둘이면서 하나다. 비유컨대, 물과 물결의 관계와 같다. 하나님의 성령은 물이요 우리의 영은 물결이다. 물과 물결은 하나지만, 그러나 같은 것도 아니다. 물결은 스러지지만 물은 없어지지 않는다. 우리가 하나님의 자녀로 된 것은, 하나님의 성령이 우리의 영과 더불어 그렇게 인정하셨기 때문이다.

자녀는 상속자다. 하나님의 아들이신 그리스도께서 부활의 영광을 상속받으셨듯이 우리도 부활의 영광을 누리게 되어 있다. 그러나 십자가 없는 부활은 없다. 따라서 그리스도와 함께 영광을 누리려면 그와 함께 고난을 받아야 한다. 고난과 영광은 하나이기 때문이다. 그런데 알아둘 것이 있다. 고난이 먼저요 영광이 나중이다. 파종이 먼저요 추수가 나중인 것과 같다. 이 순서를 뒤집거나 무시하여 건너뛰거나 해서는 안 된다.

생각건대 현재의 고난은 장차 우리에게 나타날 영광과 족히 비교할 수 없도다 8：18

해산의 고통이 비록 엄청난 것이나 자식을 얻은 기쁨에 견줄 수 있을 것인가?

밀알 하나가 죽어서 수백 배 결실을 얻는다.

피조물의 고대하는 바는 하나님의 아들들의 나타나는 것이니 피조물이 허무한 데 굴복하는 것은 자기 뜻이 아니요 오직 굴복케 하시는 이로 말미암음이라 그 바라는 것은 피조물도 썩어짐의 종 노릇한 데서 해방되어 하나님의 자녀들의 영광의 자유에 이르는 것이니라 8：19～21

'피조물' 대신 '강'(江)을 넣어 본문을 읽어본다. 강이 저렇게 썩어가는 것은 강 스스로 그러는 것이 아니라 하나님의 뜻에 의해서다. 강이 바라는 것은 더 이상 썩지 않고 하나님의 자녀들이 누리는 영광의 자유를 함께 누리는 것이다. 그래서 강은 지금 하나님의 자녀들의 출현을 고대하고 있다.

무슨 말인가?

아담의 범죄로 땅이 저주를 받았다.(「창」 3：17) 인간의 범죄 때문에 자연이 병든 것이다. 어쩔 수 없다. 인간과 자연은 한 몸이기에 한 운명일 수밖에 없다. 그래서 땅은 자유를 빼앗기고 허무한 데 굴복당해 왔다. 그런데 예수님이 나타나시어 아담의 범죄를 지우고 그 자리에 새 사람의 영광을 세우셨다. 그래서 마침내 땅도 다시 살아나게 되었다. 사람 때문에 죽었던 땅이 사람 때문에 살아난다.

탄식하는 피조물

자연은 피조물이다. 인간도 피조물이다. 그러므로 자연과 인간은 하나다. 인간은 하나님께로부터 자연을 보살피는 책임을 받은 존재이면서 동시에 바로 그 자연의 일부다. 인간이 전자만 알고 후자를 망각한 까닭에 오늘 심각한 공해 문제가 발생하였다. 강물이 썩고 물고기가 떼죽음을 하는 것은 그들보다 먼저 인간이 썩고 죽었기 때문이다.

오늘 우리가 피부로 느끼고 있는 현실을 2천 년 전 바울이 생생하게 증언하고 있음은 실로 놀라운 일이다. 그러나 다시 생각해 보면 그리 놀랄 일도 아닌 것이, 눈 밝은 사람이라면 오늘의 어긋난 한 치가 내일의 수천 리(里)로 바뀌는 것을 볼 수 있기 때문이다.

피조물이 다 이제까지 함께 탄식하며 함께 고통하는 것을 우리가 아나니 이뿐 아니라 또한 우리 곧 성령의 처음 익은 열매를 받은 우리까지도 속으로 탄식하여 양자될 것 곧 우리 몸의 구속을 기다리느니라 8: 22~23

숲에 들어가서 탄식하는 숲의 소리를 아무나 듣는 게 아니다. 개울 흐르는 소리야 누구나 듣겠지만 흐르는 물의 탄식 소리는 그것을 들을 수 있는 귀만 듣는다.

치허극(致虛極)하고 수정독(守靜篤)하면 만물이 저마다 뿌리로 돌아가는 것을 본다고 했다.(『老子』, 16장) 자기를 텅 비워 '나'가 없는 데까지 이르고 고요함을 지켜 마음에 잔물결 하나 일지 않으면, 숲의 소리를 듣는다는 얘기다.

인간을 포함한 피조물은 무엇을 탄식하며 괴로워하는가? 본문에는, 속으로 탄식하여 양자(養子)될 것 곧 우리 몸의 구속(救贖)을 기다린다고 했다. 양자로 된다는 말은 자녀로 된다는 말이고 구속을 기다린다는 말은 해방을 기다린다는 말이다. 하나님의 자녀로 된다는 말은 무슨 뜻인가? 방탕한 둘째아들이 아버지 품으로 돌아왔을 때 '다시 살아난 아들'로 받아들여졌다.(「눅」 15:24) 그렇다면 그가 아버지의 유산을 미리 받아 도시로 가서 제 마음대로 살 때에는 '아버지의 아들'이 아니었던가? 그렇기도 하고 아니기도 하다. 아버지 쪽에서 보면 여전히 당신의 아들이요 아들 쪽에서 보면 더 이상 아버지가 아니다. 바로 이 자리가 오늘 우리 인간이 서 있는 곳이다. 거기서 돌이켜 다시 아버지께로 갈 때 우리는 비로소 '아버지의 아들'로 된다.

우리가 다른 피조물과 더불어 탄식하여 양자될 것을 기다림은 본디 우리의 자리로 돌아가기를 기다리는 것이다. 자녀의 자리는 없던 것을 새삼스레 얻는 게 아니라 처음부터 우리의 자리였다. 우리가 하나님 아버지의 자녀로 된다는 말은 우리가 하나님 아버지의 자녀라는 사실을 기억하는 것을 뜻한다. 기억(remember)이란, 다시(re) 한 식구(member)가 되는 것이다.

아버지의 자녀가 되면 어디에도 얽매이지 않는다. 아버지 것이 모두 내 것이다.(「눅」 15 : 31) 그러니 부족한 게 있을 리 없고 부족한 게 없으니 불만도 두려움도 없다. 도무지 그가 가는 길에 걸리는 바가 없다. 공자는 고희에 이르러 마침내 종심소욕이불유구(從心所欲而不踰矩)라, 마음이 바라는 바를 좇는데 법도에서 어긋나지 않았다고 했다. 마침내 거기에 이르렀은즉 나이야 무슨 상관 있으랴? 지금 우리는 우리의 본디 모습으로 돌아가는 길에 서 있다. 그러기에 우리의 탄식에는 슬픔만 있는 게 아니다. 거기에는 간절한 기다림과 희망이 함께 들어 있다.

우리가 소망으로 구원을 얻었으매 보이는 소망이 소망이 아니니 보는 것을 누가 바라리요 만일 우리가 보지 못하는 것을 바라면 참음으로 기다릴지니라 8 : 24~25

지금 자기한테 있는 것을 구하는 사람은 없다. 아직 나에게 이루어지지 않은 무엇이 있어서 그래서 소망은 가능한 것이다.

한편, 무엇을 소망한다는 것은 그 소망하는 무엇을 이미 얻었다는 말이다. 그래서 바울은 "소망으로 구원을 얻었다"고 말한다. 구원을 소망함으로써 구원을 얻었다('얻을 것이다'가 아니라)는 논리다. 서울로 가는 길에 들어선 사람이 아직 서울에 들어서지는 못했지만, 서울 가는 길과 서울이 동떨어진 둘이 아니라 하나인 까닭에, 이미 서울에 닿은 것이라는 논리다.

눈에 보이는 것을 바란다면 그것은 소망이 아니다. 서울에 와 있는 사람이 어떻게 서울 가기를 바랄 것인가? 서로 상충하는 논리가 묘하게 뒤섞여 있다. 이것을 이해하고 받아들이는 데에 신앙의 생명력이 숨쉰다.

소망하는 자의 덕(德)은 참고 기다리는 데 있다.

이와 같이 성령도 우리 연약함을 도우시나니 우리가 마땅히 빌 바를 알지 못하나 오직 성령이 말할 수 없는 탄식으로 우리를 위하여 친히 간구하시느니라 마음을 감찰하시는 이가 성령의 생각을 아시나니 이는 성령이 하나님의 뜻대로 성도를 위하여 간구하심이니라 8：26～27

탄식하는 인간을 탄식하는 성령께서 도우신다. 이제 성도가 되어 기도 부족을 낙심의 핑계로 삼을 수는 없게 되었다. 성령께서 그를 위하여 지금도 말할 수 없는 탄식으로 기도하시기 때문이다. 중심을 보시는 하나님께서는 우리를 대신하여 드리는 성령의 간구를 들으신다. 그러니 모든 것이 잘될 수밖에 없다. 어쩔 수 없이 인간은 구원받게 돼 있다. 하나님의 사랑과 은총이 그의 반역보다 크시기 때문이다. 한 인간이 짐짓 하나님을 등지고 멀리 떠나는 몸짓을 할 수는 있지만 그것도 결국은 하나님께로 돌아가는 길인 것이다. 하나님은 너무나도 크신 분이라 우리가 어느 쪽으로 가도 우리 앞에 계신다. 끝내 하나님의 품과 사랑을 벗어날 인간은 없는 것이다.

우리가 알거니와 하나님을 사랑하는 자 곧 그 뜻대로 부르심을 입은 자들에게는 모든 것이 합력하여 선을 이루느니라

8: 28

「로마서」에서 많이 인용되는 구절들 가운데 하나다. 우리를 안심과 기쁨으로 이끄는 말씀이다. 하나님을 사랑하고 그 뜻대로 부르심을 입은 것은, 모든 일이 합력하여 선(善)을 이루도록 하는 전제 조건이 아니다. 그런 사람에게만 하나님의 선이 이루어진다는 얘기가 아니라, 그런 사람만이 자기에게서 이루어지는 하나님의 선을 깨달아 안다는 말이다. 세상 모든 사람에게 똑같이 "모든 것이 합력하여" 선을 이루지만, 모두가 그것을 알고 자기 것으로 삼는 것은 아니다.

실직, 자식을 여의는 일, 발병(發病)…… 이런 모든 것이 합력하여 선 곧 좋은 것을 이룬다. 세상의 온갖 빛깔이 합하여 무색 투명한 백(白)을 만들듯이!

하나님이 미리 아신 자들로 또한 그 아들의 형상을 본받게 하기 위하여 미리 정하셨으니 이는 그로 많은 형제 중에서 맏아들이 되게 하려 하심이니라 또 미리 정하신 그들을 또한 부르시고 부르신 그들을 또한 의롭다 하시고 의롭다 하신 그들을 또한 영화롭게 하셨느니라 8: 29~30

인간이 구원받기 위하여 스스로 한 일은 하나도 없다. 모든 것이 하나님께서 이루신 일이요 이미 이루어진 일이다. 그분께는 모든 미래가 과거다.

아름다운 믿음

하나님께서 하시는 일이다! 누가 그것을 막거나 그릇되게 할 수 있으랴?

마음을 고요하게 하면 모든 것이 제 색깔로 다양하지만 결국 저마다 뿌리로 돌아감을 본다고 했다. 만물이 하나에서 나왔으니 다시 하나로 돌아감은 달리 선택의 여지가 없는 길이다. 천지는 없어져도 이 길만은 영원할 것이다.

"바다에서 증발되어 하늘로 올라간 물이 다시 비가 되어 땅 위에 떨어지고 흐름을 이루어 바다로 돌아가듯, 근원으로 돌아가지 않는 것이란 없다. 마찬가지로, 그대로부터 생겨난 영혼은 도중에 아무리 많은 소용돌이에 휩싸여도 결국 그대와 다시 결합하지 않을 수 없다. 땅에서 솟구쳐 올라간 새가 공중에서는 쉴 수 없고, 결국 다시 땅으로 돌아와야 하듯이 누구나 다 자기의 길을 되돌아가야 한다. 그리고 한 영혼이 자신의 돌아갈 길을 찾게 될 때, 그는 그대 안으로 녹아들 것이다. 오, 아루나찰라. 그대, 축복의 바다여!" (라마나 마하르쉬, 『아루나찰라에게 바치는 글』)

그런즉 이 일에 대하여 우리가 무슨 말 하리요 만일 하나님이 우리를 위하시면 누가 우리를 대적하리요 자기 아들을 아끼지 아니하시고 우리 모든 사람을 위하여 내어주신 이가 어찌 그 아들과 함께 모든 것을 우리에게 주지 아니하시겠느뇨

8: 31~32

하나님은 절대(絶對)한 분이시다. 아무것도 누구도 그분께 맞설 수 없다. 하나님이 만물 가운데 가장 힘센 분이기 때문이 아니다. 가장 힘센 자는 자기보다 약한 자가 있어서 비로소 존재한다. 2등 없이는 1등이 있을 수 없다. 하나님은 당신의 존재를 위하여 누구도 아무것도 필요로 하시지 않는다. 그래서 하나님이시다.

모든 상대(相對)가 끊어진 하나님께서 우리를 위하신다는 말은 그분이 우리 안에 우리와 함께 계신다(임마누엘)는 말이다. 따라서 누구도 우리를 대적 못한다. 우리에게 적(敵)이 있는데 그가 하나님의 위엄과 힘에 눌려 우리를 건드리지 못한다는 말이 아니라, 도무지 적이 없는 하나님께서 우리 안에 우리와 함께 계시기에 우리를 괴롭힐 적이 없고 그래서 아무도 우리를 대적 못한다는 말이다.

하나님은 우리에게 당신 아들을 아낌없이 내어주셨다. 사실 그분이 우리에게 내어주신 것은 당신의 아들 모습을 한 '사랑'이었다. 사랑은 온갖 좋은 것의 뿌리다. 거기서는 좋은 것 아니고는 아무것도 나오지 않는다.

하나님께서 당신의 아들을 내어주신다는 말은 이미 다른 모든 것을 내어주셨다는 말이다. 우리에게 일어나는 일은 모두가 하나

님의 사랑에서 나온 '은사'(恩賜)다. 질병도 고통도 외로움도 억울한 누명도 마침내 죽음까지도 모두가 하나님께서 당신 아들과 함께 우리에게 주시는 은사다.

그러나 신령한 눈을 뜬 사람만이 은사를 은사로 받아들인다. 아무리 좋은 선물도 받는 쪽에서 '나쁜 것'으로 받아들이면 나쁜 것이다. 수많은 사람이 저렇게 온갖 '나쁜 일'과 '불행' 속에서 신음하며 고통스럽게 살아가는 것은 은사를 은사로 알아보는 눈을 뜨지 못했기 때문이다.

우리에게 일어나는 일은 모두가 좋은 일이다. 하나님이 사랑이시기 때문이다. 단, 그런 줄 알고 있는 사람에게만 그러하다.

누가 능히 하나님의 택하신 자들을 송사하리요 의롭다 하신 이는 하나님이시니 누가 정죄하리요 죽으실 뿐 아니라 다시 살아나신 이는 그리스도 예수시니 그는 하나님 우편에 계신 자요 우리를 위하여 간구하시는 자시니라 8 : 33~34

하나님은 사람을 차별하시지 않는다. 아들 가운데 한 아들은 택하고 다른 아들은 버리는 그런 아버지가 아니다. 하나님께는 사사로움[私]이 없다. 그분은 공(公)이어서 공(共)하시는 공(空)이시다.

그렇다면, 바울이 말씀하시는 "하나님의 택하신 자들"이란 누군가? 하나님께서는 모든 인간을 당신의 자녀로 삼으셨다.(뽑으셨다) 그러나 모든 인간이 그 사실을 받아들이지는 않았다. 결과적으로 받아들인 자에게는 그분의 선택이 선택이지만 받아들이지 않은 자에게는 선택이 아닌 것이다.

하나님이 자녀로 선택하신 자들을 의롭다고 하시는 것은 그들 때문이 아니라 당신 때문이다. 그렇게 하시지 않으면 사랑이신 당신을 스스로 부정(否定)하는 것이기 때문이다. 옛글에도 "선한 자를 나는 선하게 대한다. 선하지 못한 자도 나는 선하게 대한다. 덕(德)이란 선한 것이기 때문이다"라고 했다.

이제 모든 것이 결정되었다. 더 이상 다른 가능성은 없다. 더욱이, 죽었다가 살아나신 그리스도 예수께서 우리를 위하여 간구하신다. 누가 감히 우리를 고발할 것인가? 우리를 고발하는 것은 곧 하나님을 고발하는 것이다. 있을 수 없는 일이다. 그리고 있을 수 없는 일은 결코 일어나지 않는다.

누가 우리를 그리스도의 사랑에서 끊으리요 환난이나 곤고나 핍박이나 기근이나 적신이나 위험이나 칼이랴 8: 35

그리스도께 바치는 우리의 사랑을 끊을 것들은 얼마든지 있다. 아주 적은 핍박이나 위협에도 그것은 끊어질 수 있다. 베드로는, 붙잡혀 문초받을 수 있다는 가능성의 위험에 굴복하여 스승을 세 번이나 모른다고 했다. 그것이 인간이다. 누구도 나는 그렇지 않다고 장담할 수 없다.

그러나 누구도 무엇도 우리에게 베푸시는 그리스도의 사랑을 끊지 못한다. 그리스도의 사랑을 끊으려면 그분보다 크고 힘센 존재라야 하는데, 그리스도보다 크고 힘센 자는 없기 때문이다. 늑대가 토끼를 위협하여 겁줄 수는 있지만 호랑이를 위협할 수는 없듯이, 목숨을 위협하는 칼이 우리를 겁주어 그리스도한테서 돌아서게 할 수는 있지만 그리스도를 겁주어 우리한테서 돌아서게 할 수는 없다. 그분은 이미 세상을 이기신 분이다.

기록된 바 우리가 종일 주를 위하여 죽임을 당케 되며 도살할 양같이 여김을 받았나이다 함과 같으니라 그러나 이 모든 일에 우리를 사랑하시는 이로 말미암아 우리가 넉넉히 이기느니라 8 : 36 ~ 37

이 말씀은 책상 앞에 앉아 머리로 지어낸 생각을 적은 것이 아니다. "수고를 넘치도록 하고 옥에 갇히기도 많이 하고 매도 수없이 맞고 여러 번 죽을 뻔하였으니 유대인들에게 사십에 하나 감한 매를 다섯 번 맞았으며…… 여러 번 여행에 강의 위험과 강도의 위험과 동족의 위험과 이방인의 위험과…… 거짓 형제 중의 위험을 당하고 또…… 여러 번 굶고 춥고 헐벗었던"(「고후」 11 : 23 ~ 27) 사람이 그 경험으로 깨우친 바를 적은 것이다.

내가 확신하노니 사망이나 생명이나 천사들이나 권세자들이나 현재 일이나 장래 일이나 능력이나 높음이나 깊음이나 다른 아무 피조물이라도 우리를 우리 주 그리스도 예수 안에 있는 하나님의 사랑에서 끊을 수 없으리라 8 : 38 ~ 39

내가 그를 잡았다고는 아직 말할 수 없지만 그가 나를 잡은 것만큼은 확실히 말할 수 있는, 이 '믿음'이 바울과 그를 본받아 그리스도를 믿는 모든 의인(義人)을 살린다. 아름다운 믿음!

하나님이 불의를 저지르셨나?

바울은 자신이 이방인을 위하여 하나님께서 따로 세우신 종이라고 늘 생각했다. "모든 성도 중에 지극히 작은 자보다 더 작은 나에게 이 은혜를 주신 것은 측량할 수 없는 그리스도의 풍성을 이방인에게 전하게 하시고 영원부터 만물을 창조하신 하나님 속에 감취었던 비밀의 경륜이 어떠한 것을 드러내게 하려 하심이라."(「엡」 3 : 8~9)

그렇다면 이스라엘 백성과는 어떤 관계인가? 바울은 자신이 오직 이방인을 위한 사도요 이스라엘과는 상관 없는 존재라고 생각했던가? 아니다. 오히려 그는 자기 동족인 이스라엘을 위해서라면 저주를 받아 그리스도에게서 끊어져도 좋다고, 극단(極端)의 말을 서슴지 않는다.

내가 그리스도 안에서 참말을 하고 거짓말을 아니하노라. 내게 큰 근심이 있는 것과 마음에 그치지 않는 고통이 있는 것을 내 양심이 성령 안에서 나로 더불어 증거하노니 나의 형제 곧 골육의 친척을 위하여 내 자신이 저주를 받아 그리스도에게서 끊어질지라도 원하는 바로라 9: 1~3

거짓말을 하지 않고 참말을 하는 사람! 세상에 흔히 만나볼 수 없는 사람이 바울이었다. 언제나 하나님의 영(靈) 안에서 그의 양심이 말을 했다.

어렸을 적에 우리는 거짓말을 하거나 그릇된 일을 생각만 해도 가슴이 두근거렸다. 그만큼 양심이 건강했다는 얘기다. 그런데 어른이 되면서 날마다 양심을 외면하고 억누르는 폭행을 거듭하다 보니 바야흐로 양심의 소리가 모기 소리보다 더 작아졌다. 이제는 일부러 귀를 기울여도 잘 들리지 않는다.

모든 판단을 가슴이 아닌 머리로만 내리는 것이 현대인의 치명적 병폐다. 양심은 머리가 아니라 가슴에 있다. 진짜 '나'는 머리도 손발도 아닌 가슴에 살아 있다. 우리가 자신을 가리킬 때 가슴에 손을 얹는 것은 결코 우연이 아니다. 바울은 머리가 아니라 가슴을 중심으로 삼고 산 사람이었다.

그는 동족인 이스라엘의 운명을 가슴으로 근심했다. 그들을 생각하면 골치가 아픈 게 아니라 '마음'이 아팠다. 그들을 위해서 저주를 받아 그리스도에게서 끊어져도 좋다는 것은 그의 '생각'이 아니라 '마음'이었다. 마음도, 오랜 습기(習氣)를 좇아 저절로 기계처럼 일었다가 꺼졌다가 하는 그런 마음이 아니다. 성령 안에서 '나로 더불어' 증거하는 양심이다. 나로 더불어 증거한다는 말은 자기가 지금 무슨 말을 하고 있는지 분명하게 알고 있다는 말이다. 마음이라고 해서 모두 같은 마음이 아니다. 깨어 있는 마음만이 살아 있는 마음이다.

저주를 받아 그리스도에게서 끊어져도 좋다고 말하고 있지만,

그런 일이 결코 일어나지 않으리라는 것을 바울은 잘 알고 있다.

저희는 이스라엘 사람이라 저희에게는 양자됨과 영광과 언약들과 율법을 세우신 것과 예배와 약속들이 있고 조상들도 저희 것이요 육신으로 하면 그리스도가 저희에게서 나셨으니 저는 만물 위에 계셔 세세에 찬양을 받으실 하나님이시니라 아멘 9: 4~5

'이스라엘 사람' 이란 말은 포로로 잡혀갔다가 돌아온 뒤에 유대인의 존칭으로 사용되었다.(200주년 신약성서) 이스라엘은 성조(聖祖) 야곱이 하나님에게서 받은 이름이다.

이스라엘 백성이 하나님에게서 받은 여러 특권이 나열되어 있다. 그들은 하나님의 자녀로 될 수 있고 하나님을 모시는 영광을 누리며 하나님과 맺은 계약이 있다. 하나님이 주신 율법이 있고 하나님께 예배 드릴 수 있으며 하나님에게서 받은 바 약속이 있다. 또 아브라함을 비롯한 조상들이 있고 게다가 만물을 다스리시는 하나님과 같은 분이신 그리스도가 그들의 혈통을 빌려 세상에 오셨다. 참으로 대단한 특권을 유산으로 받은 백성이다. 그러나 아무리 잘 차린 잔칫상도 내가 입을 벌려 먹지 않으면 그림에 떡과 다를 게 없다. 그래서 큰 복(福)이 큰 화(禍)로 바뀔 수 있는 것이다.

또한 하나님의 말씀이 폐하여진 것 같지 않도다 이스라엘에게서 난 그들이 다 이스라엘이 아니요 또한 아브라함의 씨가 다 그 자녀가 아니라 오직 이삭으로부터 난 자라야 네 씨라 칭하리라 하셨으니 곧 육신의 자녀가 하나님의 자녀가 아니라 오직 약속의 자녀가 씨로 여기심을 받느니라 약속의 말씀은 이것이라 명년 이때에 내가 이르리니 사라에게 아들이 있으리라 하시니라 이뿐 아니라 또한 리브가가 우리 조상 이삭 한 사람으로 말미암아 잉태하였는데 그 자식들이 아직 나지도 아니하고 무슨 선이나 악을 행하지 아니한 때에 택하심을 따라 되는 하나님의 뜻이 행위로 말미암지 않고 오직 부르시는 이에게로 말미암아 서게 하려 하사 리브가에게 이르시되 큰 자가 어린 자를 섬기리라 하셨나니 기록된 바 내가 야곱은 사랑하고 에서는 미워하였다 하심과 같으니라 9 : 6~13

하나님의 잔칫상을 사람이 거절하면, 그러면 그 잔칫상은 무효로 되는 것인가? 이와 같은 물음에 바울은 대답한다. 하나님께서는 받아 먹을 사람을 마련하지 않은 채 잔칫상을 차리지 아니하신다고.

어떤 사람이 거절한다고 해서 하나님의 은총이 없어지는 것은 아니다. 왜냐하면 하나님께서는 은총과 함께 그 은총을 받아 누릴 사람을 따로 마련해 두셨기 때문이다.(「눅」 14 : 15~24)

이스라엘 백성이 인간의 혈육으로 태어나는 것이 아니라는 생각은 세례 요한의 것이기도 하다. "그러므로 회개에 합당한 열매를 맺고 속으로 아브라함이 우리 조상이라 말하지 말라 내가 너

희에게 이르노니 하나님이 능히 이 돌들로도 아브라함의 자손이 되게 하시리라." (「눅」 3 : 8)

아브라함의 아들이 이스마엘과 이삭말고도 후처인 그두라를 통해 여섯이 더 있지만 이삭이 유일한 '아브라함의 아들'로 인정받는 것은 그가 혈육이 아니라 하나님의 약속으로 태어난 아들이기 때문이다.

혈통으로 내려온 이스라엘이 아니라 약속의 열매로 태어난 이스라엘을 아브라함의 진정한 후손으로 보는 바울의 견해는 자연스럽게 예수 그리스도를 믿고 의지하는 사람이 아브라함의 후손이라는 주장으로 연결된다.

그런즉 우리가 무슨 말 하리요 하나님께 불의가 있느뇨 그럴 수 없느니라 모세에게 이르시되 내가 긍휼히 여길 자를 긍휼히 여기고 불쌍히 여길 자를 불쌍히 여기리라 하셨으니 그런즉 원하는 자로 말미암음도 아니요 달음박질하는 자로 말미암음도 아니요 오직 긍휼히 여기시는 하나님으로 말미암음이니라 성경이 바로에게 이르시되 내가 이 일을 위하여 너를 세웠으니 곧 너로 말미암아 내 능력을 보이고 내 이름이 온 땅에 전파되게 하려 함이로라 하셨으니 그런즉 하나님께서 하고자 하시는 자를 긍휼히 여기시고 하고자 하시는 자를 강퍅케 하시느니라 9 : 14~18

하나님의 절대 주권을 웅변하고 있다. 그분의 절대 주권 앞에서 인간의 의지나 노력은 아무것도 아니다. 모든 것이 하나님 뜻의 실현인 것이다.

그러나 바울의 웅변이 비록 힘차지만 그래 봤자 진실의 반쪽밖에 드러내지 못하는 인간의 언어다. 그러기에 성경은, 사람의 고집 앞에서 속수무책인 하나님에 대하여 동시에 증언하지 않으면 안 되었던 것이다.

네가 뉘기에?

모든 것이 하나님께서 하시는 일이다. 바로가 그토록 고집을 부린 것도 하나님께서 그렇게 시키신 것이다.(9: 17) 자, 그렇다고 한다면, 도대체 사람이 책망받을 이유가 없지 않은가? 나아가 하나님께서도 사람을 허물하실 자격이 없으신 것 아닌가?

바울은 이 질문에 대답할 의무가 있다. 그런데 그의 대답은 또 얼마나 엉뚱한가?

혹 네가 내게 말하기를 그러면 하나님이 어찌하여 허물하시느뇨 누가 그 뜻을 대적하느뇨 하리니 이 사람아 네가 뉘기에 감히 하나님을 힐문하느뇨 지음을 받은 물건이 지은 자에게 어찌 나를 이같이 만들었느냐 말하겠느뇨 토기장이가 진흙 한 덩이로 하나는 귀히 쓸 그릇을 하나는 천히 쓸 그릇을 만드는 권이 없느냐 만일 하나님이 그 진노를 보이시고 그 능력을 알게 하고자 하사 멸하기로 준비된 진노의 그릇을 오래 참으심으로 관용하시고 또한 영광받기로 예비하신 바 긍휼의 그릇에 대하여 그 영광의 부요함을 알게 하고자 하셨을지라도 무슨 말 하리요 이 그릇은 우리니 곧 유대인 중에서 요컨대 하나님에 대하여 품은 그런 질문 자체가 있을 수 없는 것이라는 얘기다. 이러저러한 이유로, 하나님이 모든 것을 이루시지만 그 결과로 빚어진 사태를 두고 하나님은 사람을 나무라실 수도 있다는, 바울의 말에 합리적인 대답을 기대한 사람이라면 다시 한 번 뒤통수를 맞은 기분일 것이다. 그러나 어쩔 수 없는 일이다. 논쟁보다 진리를 선포하는 일에 매달렸던 바울로서는 그럴 수밖에 없었다.

하나님과 우리 사이의 관계를 이어주는 다리는 '이해' 가 아니라 '믿음' 이요, '합리' 가 아니라 '사랑' 이다. 사람과 사람 사이도 마찬가지다. 우리는 흔히 나를 이해해 달라고 말한다. 또 너를 이해할 수 없다고도 한다. 그렇게 말하는 사람에게 나는 되물어본다. 당신은 당신 자신을 이해하는가? 아직 나는 이 질문에 "그렇다. 나는 나를 이해한다"고 대답하는 사람을 만나지 못했다. '나' 야말로 이해되지 않는 존재라는 것이 우리 모두의 정직한 대답일 것이다. 그렇다면 당신도 이해 못하는 당신을 나보고 어찌 이해하라는 말인가?

'이해' 라는 다리로는 건너가 닿을 수 없는 것이 사람이다. 하물며 우리가 어찌 하나님과 그분이 하시는 일을 이해할 수 있겠는가?

"무지한 말로 이치를 어둡게 하는 자가 누구냐 너는 대장부처럼 허리를 묶고 내가 네게 묻는 것을 대답할지니라 내가 땅의 기

초를 놓을 때에 네가 어디 있었느냐 네가 깨달아 알았거든 말할 지니라."(「욥」 38:2~4)

내가 '나'를 이해 못하면서도 이렇게 끌어안고 살아가듯이, 우리는 이해되지 않는 '너' 또한 받아들여 함께 살아야 하는 것이다. 하나님을 이해의 대상이 아니라 믿음과 숭배의 대상으로 모시면, 누구나 바울처럼 말하고 바울처럼 대답하지 않을 수 없으리라.

옹기장이 비유는 일찍이 이사야와 예레미야가 사용했던 것이다.

"그러나 여호와여 주는 우리 아버지시니이다 우리는 진흙이요 주는 옹기장이시니 우리는 다 주의 손으로 지으신 것이라."(「사」 64:8)

"여호와께로부터 예레미야에게 임한 말씀에 가라사대 너는 일어나 토기장이의 집으로 내려가라 내가 거기서 내 말을 네게 들리리라 하시기로 내가 토기장이의 집으로 내려가서 본즉 그가 녹로로 일을 하는데 진흙으로 만든 그릇이 토기장이의 손에서 파상(破傷)하매 그가 그것으로 자기 의견에 선한 대로 다른 그릇을 만들더라 때에 여호와의 말씀이 내게 임하니라. 가라사대 나 여호와가 이르노라 이스라엘 족속아 이 토기장이의 하는 것같이 내가 능히 너희에게 행하지 못하겠느냐 이스라엘 족속아 진흙이 토기장이의 손에 있음같이 너희가 내 손에 있느니라."(「렘」 18:1~6)

우리가 하나님이 하시는 일에 대하여 가질 수 있는 유일한 태도는 믿음과 믿음에 바탕한 수용이다. 그 믿음은 우리에게 일어나는 일이 무엇이든 다 우리를 위하여 좋은 일이라는 믿음을 낳는다. 하나님이 사랑이심을 믿기 때문이다. 두려움은 죽음을 낳고 사랑은 생명을 낳는다. 좋은 나무는 나쁜 열매를 맺지 못한다.

하나님은 우리에게 '좋은 것' 말고는 주실 수 없는 분이시다. 이 하나님을 믿을 때 우리는 비로소 바울처럼 범사에 감사하고 기뻐하게 되는 것이다.

하나님을 참으로 믿는 사람은 만물을 통해서 그것을 지으신 하나님을 본다. 그의 눈길은 세상에서 벌어지는 모든 일을 살피되 그것들을 관통하여 하나님을 본다. 진흙으로 빚은 그릇을 보면서 그것을 빚은 장인(匠人)의 손을 본다.

바울은 하나님의 의로우심에 대한 질문을, 까다롭기만 하고 모자랄 수밖에 없는 신정론(神正論)으로 대답하는 대신, 신성한 망치로 그 질문 자체를 깨뜨려 부숨으로써 해결하고 있다. 신나고 놀라운 일이다.

호세아 글에도 이르기를 내가 내 백성 아닌 자를 내 백성이라 사랑치 아니한 자를 사랑한 자라 부르리라 너희는 내 백성이 아니라 한 그곳에서 저희가 살아계신 하나님의 아들이라 부름을 얻으리라 함과 같으니라 또 이사야가 이스라엘에 관하여 외치되 이스라엘 뭇자손의 수가 비록 바다의 모래 같을지라도 남은 자만 구원을 얻으리니 주께서 땅 위에서 그 말씀을 이루사 필하시고 끝내시리라 하셨느니라 또한 이사야가 미리 말한 바 만일 만군의 주께서 우리에게 씨를 남겨 두시지 아니하셨더면 우리가 소돔과 같이 되고 고모라와 같았으리라 함과 같으니라 9: 25~29

하나님께서는 남과 함께 북을 동과 함께 서를 지으셨다고 말할 수 있지만 사실은 그런 것들이 어디 따로 있는 게 아니라 사람들이 그렇게 이름지어 가르는 것일 뿐이다.

모든 것이 하나님께로서 나왔다. 그러니 하나님께로말고는 돌아갈 곳이 없다. 사람들이 좁은 소견으로 이러쿵저러쿵 분별하지만 하나님 앞에서는 그 모든 분별이 무효다. 오직, 인간의 시끄러운 분별 너머에 한 분 하나님이 계실 따름이다.

그런즉 우리가 무슨 말 하리요. 의를 좇지 아니한 이방인들이 의를 얻었으니 곧 믿음에서 난 의요 의의 법을 좇아간 이스라엘은 법에 이르지 못했으니 어찌 그러하뇨 이는 저희가 믿음에 의지하지 않고 행위에 의지함이라 부딪힐 돌에 부딪혔느니라 기록된 바 보라 내가 부딪히는 돌과 거치는 반석을 시온에 두노니 저를 믿는 자는 부끄러움을 당치 아니하리라 함과 같으니라 9: 30~33

부딪히는 돌과 거치는 반석을 시온에 두신 분은 하나님이시다. 그러나 그것에 부딪혀 넘어진 것은 사람이다. 이만하면 대답이 되었는가?

대답이 되었든 못 되었든, 이제 우리가 할 일은 이스라엘의 과오를 되풀이하지 않는 것이다. 믿음에 의지하지 않고 행위에 의지하였다가 고생만 실컷 하고 목표에 이르지 못하는 어리석음을 되풀이하지 않는 것이다.

사랑만이 율법을 완성한다

바울은 이방인을 위한 사도를 자처한다. 구원은 본디 이스라엘로부터 이루어지기로 계획되었는데 그들이 거절함으로써 이방인에게로 넘어갔다. 그렇다면 이방인의 사도로서 바울은 이스라엘의 운명에 대하여 어떤 소망을 지니고 있는가?

형제들아 내 마음에 원하는 바와 하나님께 구하는 바는 이스라엘을 위함이니 곧 저희로 구원을 얻게 함이라 10 : 1

바울은 앞에서 자기 동족을 위해서라면 저주를 받아 그리스도에게서 끊어져도 좋다고 말한 바 있다.(9: 3) 그가 진정으로 바라는 바는 이스라엘이 구원을 받는 것이었다. 당연한 일이다. 아니면, 도대체 하나님의 종인 그가 달리 무엇을 바라겠는가? 유대인들이 '믿음' 이라는 문을 통해 그리스도를 받아들이지 않았기 때문에 구원이 이방인에게로 넘어간 것은 어쩔 수 없는 일이지만, 그래도, 그러니까 더욱, 바울로서는 간절한 마음으로 이스라엘의 구원을 바라고 기도할 수밖에 없는 일이다.

내가 증거하노니 저희가 하나님께 열심이 있으나 지식을 좇은 것이 아니라 하나님의 의를 모르고 자기 의를 세우려고 힘써 하나님의 의를 복종치 아니하였느니라 10: 2~3

바울은 이렇게 말할 자격이 충분한 사람이다. 스스로 경험을 통해서 뼈아프게 깨달은 것이기 때문이다. 그는 누구에게도 뒤지지 않을 만큼 열심으로 하나님의 율법을 지킨 사람이었다. "내가 팔 일 만에 할례를 받고 이스라엘의 족속이요 베냐민의 지파요 히브리인 중의 히브리인이요 율법으로는 바리새인이요 열심으로는 교회를 핍박하고 율법의 의로는 흠이 없는 자로라"(「빌」 3: 5~6) 그러나 그 열심이 어떠한 열심이냐가 문제였다. 다메섹 도상에서 그리스도를 만나기 전까지 그가 스스로 자랑스레 여겼던 '하나님(의 율법)을 위한 열심'은 사실인즉 하나님의 뜻을 배반하는 열심이었다.

불은 좋은 것이다. 그러나 제대로 통제되지 않는 불은 그 좋은 만큼보다 훨씬 더 나쁘다. 마찬가지로, 열심은 좋은 것이다. 그러나 눈이 먼 열심은 그 좋은 만큼보다 훨씬 더 나쁘다.

이스라엘이 열심으로 하나님(의 율법)을 수호하려 한 것은 인정하지만 문제는 그것이 눈먼(무식한) 열심이었다는 데 있다. 그리하여, 하나님의 의를 위한다면서 자신의 의를 세우는 결과를 빚게 된 것이다. 하나님을 믿는 것과 하나님을 믿는 자신의 믿음을 믿는 것은 전혀 다르다. 진정으로 하나님을 믿는다면, 이유 여하를 막론하고, 아무리 상대가 나쁜 짓을 한다 해도, 그를 잡아서 죽이기 위해 멀리 다메섹까지 원정을 갈 수는 없는 일이다.

사랑은 절대로 생명을 파멸하지 않는다. 자기 목숨을 내어줄 수는 있지만 남의 목숨을 끊지는 못한다.

그리스도는 모든 믿는 자에게 의를 이루기 위하여 율법의 마침이 되시니라 10: 4

"율법의 마침이 되었다"는 말은 율법을 완성함으로써 더 이상 율법이 사람을 다스리지 못하게 하셨다는 뜻이다. 성숙한 병아리에게는 알껍질이 필요없다.

이스라엘은 율법을 지킴으로써 하나님의 의를 이루고자 했지만 그런 목적 아래 그들이 처형한 예수가 바로 그 율법을 완성하신 분이었으니, 율법의 이름으로 율법을 처형시킨 결과가 되고 말았다.

모세가 기록하되 율법으로 말미암는 의를 행하는 사람은 그 의로 살리라 하였거니와 10: 5

모세가 "율법을 지키는 사람은 그것을 지킴으로써 생명을 얻는다"(공동번역)고 기록한 것은 사실이다. "너희는 나의 규례와 법도를 지키라 사람이 이를 행하면 그로 인하여 살리라."(「레」 18: 5) 그러나 문제는 과연 누가 율법을 지킬 수 있느냐다. 아무도 법조문을 다 지킴으로써 율법을 완벽하게 지킬 수는 없다. 그것이 인간의 본질적 한계다. 안식일 규정을 빠짐없이 지키는 것으로는 안식일을 거룩하게 지킬 수 없다. 예수님이 안식일 규정을 어기고 병자를 고쳐주신 것은 그렇게 함으로써 율법을 완성코자 하심이었다. 사랑! 오직 사랑만이 율법을 완성시킨다.

믿음으로 말미암는 의는 이같이 말하되 네 마음에 누가 하늘에 올라가겠느냐 하지 말라 하니 올라가겠느냐 함은 그리스도를 모셔 내리려는 것이요 혹 누가 음부에 내려가겠느냐 하지 말라 하니 내려가겠느냐 함은 그리스도를 죽은 자 가운데서 모셔 올리려는 것이라 그러면 무엇을 말하느뇨 말씀이 네게 가까와 네 입에 있으며 네 마음에 있다 하였으니 곧 우리가 전파하는 믿음의 말씀이라 네가 만일 네 입으로 예수를 주로 시인하며 또 하나님께서 그를 죽은 자 가운데서 살리신 것을 네 마음에 믿으면 구원을 얻으리니 사람이 마음으로 믿어 의에 이르고 입으로 시인하여 구원에 이르느니라

10 : 6~10

바울은 모세가 율법을 지켜서 구원 얻는 길을 말하면서 동시에 믿음으로 구원 얻는 길도 말했다고 본다. 여기 인용된 본문은 「신명기」 30장에 있다. "내가 오늘날 네게 명한 이 명령은…… 하늘에 있는 것이 아니니…… 누가 우리를 위하여 하늘에 올라가서 그 명령을 우리에게로 가지고 와서 우리에게 들려 행하게 할꼬 할 것이 아니요 이것이 바다 밖에 있는 것이 아니니…… 누

가 우리를 위하여 바다를 건너가서 그 명령을 우리에게로 가지고 와서 우리에게 들려 행하게 할꼬 할 것도 아니라 오직 그 말씀이 네게 심히 가까와서 네 입에 있으며 네 마음에 있은즉 네가 이를 행할 수 있느니라"

바울은 인용한 본문의 '명령'과 '말씀'을 '그리스도'와 동일시한다. 하나님의 명령(말씀)이 육신을 입고 세상에 오셨으니 그분이 바로 예수 그리스도다.

율법의 모든 규정을 지킴으로써 구원을 얻으려는 것은 모래로 밥을 지으려는 것과 같다. 이제 예수 그리스도께서 당신의 사랑으로 율법을 완성하셨으니, 그를 입으로 시인하고 마음으로 믿으면 그로써 구원을 받게 되는 것이다. 여기서 반드시 기억해 둘 사실 하나. 바울이 이 글을 쓰고 있을 무렵에는 예수를 주로 시인하고 그의 부활을 마음으로 믿는 것이 목숨을 담보로 내놓아야 가능했던 실천적 고백 행위였다.

성경에 이르되 누구든지 저를 믿는 자는 부끄러움을 당하지 아니하리라 하니 유대인이나 헬라인이나 차별이 없음이라 한 주께서 모든 사람의 주가 되사 저를 부르는 모든 사람에게 부요하시도다 누구든지 주의 이름을 부르는 자는 구원을 얻으리라 10 : 11 ~ 13

문자 그대로, "누구든지"다. 그리스도를 믿어서 구원받는 길에는 인종 차별이 없다. 그러나 속에 믿음이 없이 건성으로 예수의 이름을 부른다면 아무 소용도 없다. "나더러 주여 주여 하는 자마다 천국에 다 들어갈 것이 아니요……"(「마」 7: 21) 예수의 이름을 부르는 그 행위로써 구원을 얻는 게 아니다. 누구든지 그의 이름을 부르면 구원 얻는다는 '믿음', 그 믿음 때문에 구원을 얻는 것이다.

믿음은 들음에서 나며

사람이 마음으로 믿어 의에 이르고 입으로 시인하여 구원에 이른다(10: 10)고 했다. 그러나 이 문장에는 '진정으로' 라는 단서가 붙어야 한다. 마음으로 믿는 일과 입으로 시인하는 일에 머리카락만큼이라도 '거짓' 이 섞여 있으면 이 약속은 이루어지지 않는다.

또 누구든지 주의 이름을 부르는 자는 구원을 얻는다(10: 13)고 했다. 사람이 구원받는 데는 인종도 혈통도 따로 없다. 학력도 없고 배경도 없다. 방금 전까지 어떻게 살았는지도 상관없는 일이다. 오늘 여기에서 진정으로 주의 이름을 부르면 "누구든지" 구원받는다.(「눅」 23: 39~43) 이 말에는, 진정으로 주의 이름을 부르지 않는 자는 그의 과거가 어떠하든, 출신 배경이 어떠하든, 아무리 아브라함의 핏줄을 이어받은 이스라엘 중의 이스라엘이라 해도, 구원받지 못한다는 뜻이 들어 있다. 복음은 그것을 듣는 자에 따라서 오히려 화음(禍音)이 될 수 있는 것이다.

그런즉 저희가 믿지 아니하는 이를 어찌 부르리요 듣지도 못한 이를 어찌 믿으리요 전파하는 자가 없이 어찌 들으리요 보내심을 받지 아니하였으면 어찌 전파하리요 기록된 바 아름답도다 좋은 소식을 전하는 자들의 발이여 함과 같도다

10: 14~15

모든 일에는 원인과 결과가 있다. 결과는 다시 원인이 되어 또 다른 결과를 낳고 그 사이로 인간의 역사가 흐른다.

믿음이 없는데 어찌 주의 이름을 부르겠는가? 듣지 못한 일을 어찌 믿겠는가? 말하는 사람이 없는데 어찌 듣겠는가? 말하라고 보내지 않았는데 누가 말을 하겠는가?

우리가 주의 이름을 불러(주의 이름을 부른다는 말은 입술로 주여 주여 하는 것이 아니라 그의 가르침대로 사는 것이다) 구원받는 일은 결코 우리 혼자서 하는 일이 아니다. 그것은 헤아릴 수 없이 많은 사람들과 오랜 세월이 맺은 결실이다. 그러기에 한 인간의 구원은 온 인류가 함께 겪는 사건인 것이다.

개인 구원이니 사회 구원이니 하고 나누어서 말하는 이들이 있는데, 그렇게 구분해서 말이야 할 수 있겠지만, 실제로 둘이 따로 이루어지는 것은 아니다. 개인과 사회는 동전의 양면과 같아서 이것이 없으면 저것도 없고 저것이 없으면 이것도 없다.

그러나 저희가 다 복음을 순종치 아니하였도다 이사야가 가로되 주여 우리의 전하는 바를 누가 믿었나이까 하였으니

10: 16

새벽닭이 운다고 마을 사람 모두가 잠자리에서 일어나는 것은 아니다. 뿌려진 씨앗 모두가 싹을 틔워 자라서 열매를 맺는 것은 아니다.(「마」 13 : 3~9)

복음이 세상에 전해졌지만 오히려 많은 사람이 그것을 듣고 순종하지 않았다. 이사야가 일하던 때에도 그랬고 지금도 마찬가지다.

그러므로 믿음은 들음에서 나며 들음은 그리스도의 말씀으로 말미암았느니라 10 : 17

사막에서 목말라 죽어가는 두 사람에게 누가 말하기를 앞에 보이는 작은 언덕을 넘으면 오아시스가 있다고 한다. 갑은 그 말을 듣고 마지막 힘을 다 쏟아 언덕을 넘어간다. 을은 같은 말을 들었지만 헛소리라고 생각하여 그대로 누워 있다. 결과는 어찌 될까? 그들이 전해 들은 말이 사실이라면(언덕 너머에 과연 오아시스가 있다면) 갑은 살 것이고 을은 죽을 것이다. 갑에게는 믿음이 있고 을에게는 믿음이 없다. 그 믿음은 복된 소식을 귀로 듣는 데서 비롯된다. 그러나 귀로 듣는다 해서 곧장 믿음으로 되는 것은 아니다. 귀로 듣고 몸으로 따르는 것이 믿음이다. 귀로 듣고 입으로 아멘하고 거기에서 그치면, 언덕 너머에 오아시스가 있다는 말을 듣고 "알아요, 나도 저 언덕 너머에 오아시스가 있음을 믿습니다!" 하고 말하며 그대로 누워 있는 것과 마찬가지다. 그는 결국 수없이 믿는다고 말하면서 죽어갈 것이다. '믿음'

은 '사랑'과 마찬가지로, 명사가 아니라 동사다. 그래서 우리에게 동의가 아니라 순종을 요구하는 것이다.

한편, 믿음은 보이지 않는 것을 향한 실천이다. 언덕을 넘어 샘에 이를 때까지 그의 눈 앞에 있는 것은 '불확실한 약속' 뿐이다. 그리스도의 말씀을 듣고 믿어서 구원받는다는 소식은, 어쩌면 공연한 헛소리가 떠돌아다니는 것일는지도 모른다. 괜히 힘들여 언덕을 넘다가 거기서 맥없이 죽어가는 꼴이 될는지도 모른다는 얘기다. 믿음의 길이란, 어디로 갈는지 행선지도 모른 채 단지 하나님의 한마디 약속에 몸을 맡기고 무작정 길을 떠나는 아브라함의 여정과 같은 것이다.

그렇다. 믿음은 온 생애를 걸고 뛰어드는 도박과 같다. 그것은 산의 정상을 가리키는 팻말을 보고 그대로 오르는 산행이다. 팻말이 과연 제대로 정상을 가리키고 있는지, 아니면 엉뚱한 방향을 잘못 가리키고 있는지, 지금은 그것을 알 수 없다. 다만 그것이 가리키고 있는 쪽으로 갈 것이냐 말 것이냐를 결정할 수 있을 뿐이다. 일본 정토종(淨土宗)의 개조(開祖)인 신란(親鸞)은 이렇게 고백한다.

"좋으신 분[호넨]이 말씀하셨습니다. '다만 염불을 함으로써 아미타불의 구원을 입어야 한다.' 나 신란으로서는 그분 말씀을 받아들여 그렇게 믿을 따름입니다. 그뿐입니다. 염불을 하는 것이 과연 정토(淨土)에 들어갈 인(因)인지 아니면 지옥에 떨어질 업(業)인지, 나는 도무지 모릅니다. 내 비록 호넨 성인(法然聖人)한테 속아서 염불을 했다가 지옥에 떨어진다 하더라도, 나는 후

회하지 않을 것입니다."(『歎異抄』, 2장)

이것이 믿음이다! 두드려보고 건너가는 돌다리는 믿는 사람의 길이 아니다. 그리스도인은 그리스도의 가르침에 자신의 생애를 걸고 안개에 가려 보이지도 않는 길을 걸어가는 사람이다.

그러나 내가 말하노니 저희가 듣지 아니하였느뇨 그렇지 아니하다 그 소리가 온 땅에 퍼졌고 그 말씀이 땅 끝까지 이르렀도다 하였느니라 그러나 내가 말하노니 이스라엘이 알지 못하였느뇨 먼저 모세가 이르되 내가 백성 아닌 자로써 너희를 시기나게 하며 미련한 백성으로써 너희를 노엽게 하리라 하였고 또한 이사야가 매우 담대하여 이르되 내가 구하지 아니하는 자들에게 찾은 바 되고 내게 문의하지 아니하는 자들에게 나타났노라 하였고 이스라엘을 대하여 가라사대 순종치 아니하고 거스려 말하는 백성에게 내가 종일 내 손을 벌렸노라 하셨느니라 10：18～21

복음이신 그리스도를 이스라엘이 배척하고 그 대신 이방인이 받아들임으로써 이스라엘이 그들을 시기하게 되는 것은 이미 예견된 일이었다.

비록 이스라엘은 그리스도를 배척했지만, 그리스도를 세상에 보내신 하나님은 여전히 이스라엘을 향해 두 손을 벌리고 계신다. 하나님의 문에는 빗장이 없어서, 스스로 배척당하는 자들은 있어도 그분이 배척하시는 자는 없다.

하나님이 자기 백성을 버리셨느뇨?

이스라엘이 복음을 받아들이지 않아서 그 때문에 외면당한 자가 된 것은 사실이다. 그러나 그것은 이스라엘이 스스로 그렇게 된 것이지, 하나님께서 그들을 버리신 것은 아니다. 옛글에, 성인(聖人)은 무기물(無棄物)하고 무기인(無棄人)이라, 사물과 사람을 버리지 않는다 했거니와 사람된 자가 그럴진대(성인도 사람이다) 하물며 하나님께서 누구를 또는 무엇을 버리실 수 있으랴? 하나님이 스스로 하나님이기를 그만두시지 않는 한 있을 수 없는 일이다. "여인이 어찌 그 젖 먹는 자식을 잊겠으며 자기 태에서 난 아들을 긍휼히 여기지 않겠느냐 그들은 혹시 잊을지라도 나는 너를 잊지 아니할 것이라."(「사」 49 : 15)

그러므로 내가 말하노니 하나님이 자기 백성을 버리셨느뇨 그럴 수 없느니라 나도 이스라엘인이요 아브라함의 씨에서 난 자요 베냐민 지파라 11 : 1

부분을 버리는 것은 전체를 버리는 것이요 부분을 건지는 것은 전체를 건지는 것이다. 하나님께서 이스라엘을 버리셨다면 바울도 마땅히 버림을 받았어야 한다. 그런데 바울은 버림받지 않았다. 그러니 이스라엘은 버림받지 않은 것이다. 겉으로 나타나는 현상만 보는 눈에는 이 비밀이 보이지 않는다. 이스라엘은 하나님에게서 버림받은 것이 아니라 한시(限時)로 당신을 등지도록 허락받은 것이다.

물건을 잃어버려 본 자만이 물건의 가치를 안다. 이스라엘은 하나님을 등져봄으로써 바야흐로 하나님을 알게 될 것이다.

하나님이 그 미리 아신 자기 백성을 버리지 아니하셨나니 너희가 성경이 엘리야를 가리켜 말한 것을 알지 못하느냐 저가 이스라엘을 하나님께 송사하되 주여 저희가 주의 선지자들을 죽였으며 주의 제단들을 헐어버렸고 나만 남았는데 내 목숨도 찾나이다 하니 저에게 하신 대답이 무엇이뇨 내가 나를 위하여 바알에게 무릎을 꿇지 아니한 사람 칠천을 남겨두었다 하셨으니 그런즉 이와 같이 이제도 은혜로 택하심을 따라 남은 자가 있느니라 만일 은혜로 된 것이면 행위로 말미암지 않음이니 그렇지 않으면 은혜가 은혜되지 못하느니라

11: 2~6

하나님께서는, 마치 농부가 극심한 흉년에도 종자(種子)를 남겨두듯이, 위기 때마다 반드시 '남은 자'를 두신다. 노아 때에는 노아 일가족이 남았고 소돔과 고모라가 망할 때에는 롯이 남았다. 이사야는 '남은 자'의 존재를 이렇게 증언한다. "내가 가로되

주여 어느 때까지니이까 대답하시되, 성읍들은 황폐하여 거민이 없으며 가옥들에는 사람이 없고 이 토지가 전폐하게 되며 사람들이 여호와께 멀리 옮기워서 이 땅 가운데 폐한 곳이 많을 때까지니라 그 중에 십분의 일이 오히려 남아 있을지라도 이것도 삼키운 바 될 것이나 밤나무, 상수리나무가 베임을 당하여도 그 그루터기는 남아 있는 것같이 거룩한 씨가 이 땅의 그루터기니라." (「사」 6 : 11~13)

바울이 여기 인용한 고사(故事)는 선지자 엘리야가 이세벨의 위협에 겁을 먹고 호렙산 동굴에 피신해 있을 때의 이야기다.(「왕상」 19장) 엘리야가 동굴에 숨어 있는 까닭을 "이스라엘 자손이 주의 언약을 버리고 주의 단을 헐며 칼로 주의 선지자들을 죽였음이오며 오직 나만 남았거늘 저희가 내 생명을 찾아 취하려 하나이다" 하고 설명했을 때 여호와께서는 오히려, 하사엘을 아람왕으로 세우고 예후를 이스라엘 왕으로 세우고 엘리사를 선지자로 세워 저들로 하여금 이세벨과 아합을 죽이고 새 왕실을 세우도록 하라는 명을 내리시면서 "내가 이스라엘 가운데 칠천 인을 남기리니……" 하고 약속하신다.

바울은 이 고사를 인용하면서 그때 하나님의 은혜로 7천 명이 남았듯이 오늘도 이스라엘 가운데 은혜로 선택된 자가 남아 있다고 말한다. 따라서 하나님이 이스라엘 백성을 아주 버리신 것은 아니다.

그런즉 어떠하뇨 이스라엘이 구하는 그것을 얻지 못하고 오직 택하심을 입은 자가 얻었고 그 남은 자들은 완악하여졌느니라 기록된 바 하나님이 오늘날까지 저희에게 혼미한 심령과 보지 못할 눈과 듣지 못할 귀를 주셨다 함과 같으니라 또 다윗이 가로되 저희 밥상이 올무와 덫과 거치는 것과 보응이 되게 하옵시고 저희 눈은 흐려 보지 못하고 저희 등은 항상 굽게 하옵소서 하였느니라 11 : 7 ~ 10

은혜로 선택된 자들을 제외한 이스라엘 자손 모두가 완악해져서 보아도 보지 못하고 들어도 듣지 못하게 된 것은 하나님께서 그렇게 하신 것이라는 논리다. 달리 말하면, 이스라엘이 예수님을 배척한 게 하나님께서 그렇게 하도록 하신 것이라는 얘기다.

말이 되는가? 하나님께서 아담으로 하여금 선악과를 따먹도록 시키셨던가? 그것은 그렇지 않다. 하나님께서는 오히려 선악과를 먹지 말라고 하셨다. 그러나 먹지 못하도록 강제하지는 않으셨다. 물론 강제로 먹이지도 않으셨다. 하나님께서는 그에게 먹든 안 먹든 그것을 스스로 결정할 수 있는 자유 의지를 주셨다. 하나님께서 그에게 자유 의지를 주지 않으셨다면 아담은 선악과를 따먹지 못했을 것이다. 마찬가지로 하나님은 이스라엘 백성이 그들의 의지로 예수님을 배척하도록 내버려두셨다. 그러나 그 궁극의 목적은 어디까지나 그들을 살려내는 데 있었다.

그러므로 내가 말하노니 저희가 넘어지기까지 실족하였느뇨 그럴 수 없느니라 저희의 넘어짐으로 구원이 이방인에게

이르러 이스라엘로 시기나게 함이니라 11: 11

"넘어지기까지 실족하였느뇨? 그럴 수 없느니라." 이 말은 이스라엘이 완전히 넘어져서 재기불능으로 된 것은 아니라는 뜻이다. "그들은 (돌이킬 수 없이) 쓰러지기 위해 걸려 넘어졌다는 말입니까? 절대로 그럴 수 없습니다."(200주년신약성서)

예수님을 배척한 것이 사실은 그분에게 걸려 넘어진 것이었다. 예수님은 당신한테 걸려서 넘어지지 않는 사람이 복되다고 하셨다.

"하나님이 그리스도를 믿지 않는 유대인들의 눈을 어둡게 하셨다면 그들이 파멸에 떨어지도록 저버리신 것이 아닌가? 하나님은 그들이 결정적으로 파멸되는 것을 원치 않으셨다. 그들은 하나님의 선택에서 결정적으로 제외되지 않았다. 하나님은 그들의 잘못을 신비스럽게도 구원의 도구로 사용하신다."(200주년신약성서)

저희의 넘어짐이 세상의 부요함이 되며 저희의 실패가 이방인의 부요함이 되거든 하물며 저희의 충만함이리요 11: 12

공동번역으로 읽으면 뜻이 좀더 분명해진다.

"이렇게 이스라엘의 범죄가 세상에 풍성한 축복을 가져왔고 이스라엘의 실패가 이방인들에게 풍성한 축복을 가져왔다면 이스라엘 전체가 구원받을 날에는 그 축복이 얼마나 엄청나겠습니까?"

유대인들이 복음을 배척한 결과 이방인이 구원을 받게 되었다. 이제 이방인에게 베풀어진 축복이 거꾸로 이스라엘을 구원으로 이끌 것이다.

높은 마음을 품지 말고

유대인들이 복음(예수)을 배척한 결과 바울은 '이방인의 사도'가 되었다. 스스로 원한 길은 아니었지만 거역할 수 없는 길이었다. 그리고 그렇게 된 것에 대하여 본인은 영광으로 생각한다. 모든 것이 온 세상을 구원하시려는 하나님의 크신 섭리에 따라 이루어졌음을 알았기 때문이다. 유대인의 배척으로 말미암아 복음은 오히려 이방 세계에 급속히 전파되었다. 하나님이 하시는 일을 누가 미리 헤아려 알 수 있으랴?

내가 이방인인 너희에게 말하노라 내가 이방인의 사도인 만큼 내 직분을 영광스럽게 여기노니 이는 혹 내 골육을 아무쪼록 시기케 하여 저희 중에서 얼마를 구원하려 함이라 저희를 버리는 것이 세상의 화목이 되거든 그 받아들이는 것이 죽은 자 가운데서 사는 것이 아니면 무엇이리요

11 : 13~15

지금 자기가 하고 있는 일을 하나님께서 주신 일로 알고 그 일에 정성을 쏟는 사람은 그 일이 어떤 일이든지 참으로 행복한 사

람이다. 바울은 그런 의미에서 아주 행복한 사람이었다.

이방인의 사도로서 맡겨진 일에 충실하면 많은 이방인이 구원을 얻게 되고 그 결과 유대인들 사이에 시기(猜忌)하는 마음이 생겨 배척했던 복음을 받아들이는 자들이 '얼마라도' 있을 것을 바울은 내다보고 있다. 그리고 자기가 그 일에 동참하게 되었음을 지금 영광으로 알고 있는 것이다.

"저희를 버리는 것이 세상의 화목이 되거든……"(11: 15) 이 구절은 잘 새겨 읽을 필요가 있다. 같은 구절을 공동번역은 이렇게 옮겼다. "그들이 버림을 받은 결과로 하느님과 세상 사이에 화해가 이루어졌다면……" 이렇게 읽으면 유대인들이 버림을 받아서 하나님과 세상이 화목하게 되었다는 뜻이 되는데 문맥이 잘 통하지 않는다. 예수님한테 유대인들이 버림을 받은 것이 아니라 그들이 예수님(복음)을 버렸기 때문이다.

『번역자의 신약성서』(*The Translator's New Testament*)는 이 구절을 이렇게 옮겼다. "그들의 거절(their rejection)이 온 세계와 하나님의 화해를 의미했다면……" 이렇게 읽는 것이 원문에 가깝다. 『한국천주교회200주년기념신약성서』에도 "그들의 배척이 세상의 화해(를 뜻했다면)"으로 되어 있다. 이렇게 읽으면 유대인들이 복음을 배척한 결과 이방인과 하나님 사이에 화해가 이루어졌다는 뜻이 된다.

15절 뒷부분("그 받아들이는 것이 죽은 자 가운데서 사는 것이 아니면 무엇이리요")도 『번역자의 신약성서』에는 이렇게 되어 있다. "그들의 받아들임(their inclusion)이 죽음의 지배가 끝났음을 의미하는 것 아니고 무엇이겠는가?" 유대인들이 복음을 거절한 결과 하나님과 세상 사이에 화해가 이루어졌다면 그들이 복음을 받아들이는 것이 곧 죽음의 통치가 끝났음을 의미하는 것 아니겠느냐는 얘기다.

그러나 개역과 공동번역을 좇아서 읽어도 말이 안 되는 것은 아니다. 유대인이 예수님(복음)을 배척한 것은 결과적으로 그들이 버림을 받은 것이고 반대로 그들이 예수님(복음)을 받아들이는 것은 그렇게 해서 결국 그들이 받아들여지는 것이기 때문이다.

이방인의 사도로서 바울은 혹시 이방인들 사이에 유대인을 경멸 또는 무시하는 풍조가 있을까, 그것을 시방 경계하고 있는 것이다. 유대인이 복음을 배척했다고 해서 그들을 배척하거나 경멸할 이유가 성립되는 것은 아니기 때문이다. 오히려 이방인은 유대인에게 빚진 자의 심정이 되어야 하지 않겠는가?

제사하는 처음 익은 곡식 가루가 거룩한즉 떡덩이도 그러하고 뿌리가 거룩한즉 가지도 그러하니라 11: 16

떡덩이는 가루에서 나오고 나뭇가지는 뿌리에서 나온다. 떡과 가지가 거룩한 것은 가루와 뿌리가 거룩하기 때문이다. 이 순서를 뒤집으면 안 된다. 떡이 거룩해서 가루가 거룩하거나 가지가 거룩해서 뿌리가 거룩한 것은 아니다.

여기서 말하는 떡덩이와 가지는 이방인을 가리키고 가루와 뿌리는 유대인을 가리킨다.

또한 가지 얼마가 꺾여졌는데 돌감람나무인 네가 그들 중에 접붙임이 되어 참감람나무 뿌리의 진액을 함께 받는 자 되었은즉 그 가지들을 향하여 자긍하지 말라 자긍할지라도 네가 뿌리를 보전하는 것이 아니요 뿌리가 너를 보전하는 것이니라 11：17～18

꺾인 가지들 덕분에(?) 참감람나무에 접붙여진 돌감람나뭇가지들이 꺾인 가지들을 향하여 스스로 뽐낼 이유는 조금도 없다.

그러면 네 말이 가지들이 꺾이운 것은 나로 접붙임을 받게 하려 함이라 하리니 옳도다 저희는 믿지 아니하므로 꺾이우고 너는 믿음으로 섰느니라 높은 마음을 품지 말고 도리어 두려워하라 하나님이 원 가지들도 아끼지 아니하셨은즉 너도 아끼지 아니하시리라 11：19～21

참감람나무 가지(유대인들)가 꺾인 것은 돌감람나무 가지(이방인)를 접붙이기 위해서가 아니냐는 '예상된 질문'에 바울은 그렇지 않다고 대답한다.

유대인(참감람나무 가지)이 꺾인 것은 그들이 복음을 배척했기 때문이고 이방인(돌감람나무 가지)이 접목된 것은 그들이 복음을 받아들였기 때문이다.

물론, 결과만 보면 이방인의 구원을 위해서 유대인이 버림받은 것으로 보일 수도 있음을 바울은 인정한다. 그러나 우리가 보아야 할 것은 결과보다 그 결과를 낳은 원인이다.

그러므로 하나님의 인자와 엄위를 보라 넘어지는 자들에게는 엄위가 있으니 너희가 만일 하나님의 인자에 거하면 그 인자가 너희에게 있으리라 그렇지 않으면 너도 찍히는 바 되리라 저희도 믿지 아니하는 데 거하지 아니하면 접붙임을 얻으리니 이는 저희를 접붙이실 능력이 하나님께 있음이라

11 : 22~23

인자(仁慈)와 엄위(嚴威)는 서로 상반되어 보인다. 그러나 실은 하나다. 하나님의 사랑이 두 얼굴로 표현되는 것이다.

"하나님의 인자에 거한다"는 말은 하나님의 인자를 받아들인다는 뜻이다. 하나님께서 아무리 우리를 사랑하셔도 우리가 받아들이지 않으면 소용이 없다. 우리의 거절로 말미암아 소용없게 된 하나님의 인자가 이번에는 엄위의 옷을 입고 되돌아온다. 사람의 능력으로 그것까지 거절하지는 못한다. 자연의 법을 거슬러 강물을 오염시킬 수는 있지만 그 결과로 강물이 썩는 것까지 막을 수는 없는 일이다. "넘어지는 자에게 엄위가 있다"는 말은 하나님의 사랑을 거절하는 자에게 엄정한 심판이 내린다는 말이다. 본인이 자초하는 것이니 어김이 있을 리 없다.

네가 원 돌감람나무에서 찍힘을 받고 본성을 거스려 좋은 감람나무에 접붙임을 얻었은즉 원 가지인 이 사람들이야 얼마나 더 자기 감람나무에 접붙이심을 얻으랴 11 : 24

"이스라엘이 회복되는 것은 이방인이 부르심을 받는 것보다 더 쉬울 것이다. 그러므로, 이스라엘의 배척은 최종적인 것이 아니라 한시적(限時的)인 것이다." (*The Jerome Biblical Comm.*)

깊도다, 하나님의 지혜여

이방인으로서 그리스도인이 된 사람을 바울은 좋은 감람나무에 접붙여진 돌감람나무 가지에 견준다. 가지의 자리에서 보면 뿌리가 바뀐 것이요 뿌리의 자리에서 보면 가지가 달라진 것이다. 이는 자연의 법칙에 따른 변화가 아니라 외부의 힘이 자연의 법칙을 깨뜨리면서 이루어놓은 변혁이다. 그리고 그 변혁의 주체는 나무가 아니라 농부이신 하나님이시다.(11: 21) 이방인 스스로 그리스도인이 된 게 아니라 하나님께서 그를 바꾸어놓으셨다는 얘기다. 그리스도인이라면, 유대인 출신이든 이방인 출신이든, 자기의 자기됨이 자기 힘이나 의지에 따른 것이 아님을 알아야 한다.

형제들아 너희가 스스로 지혜 있다 함을 면키 위하여 이 비밀을 너희가 모르기를 내가 원치 아니하노니 이 비밀은 이방인의 충만한 수가 들어오기까지 이스라엘의 더러는 완악하게 된 것이라 그리하여 온 이스라엘이 구원을 얻으리라 기록된 바 구원자가 시온에서 오사 야곱에게서 경건치 않은 것을 돌이키시겠고 내가 저희 죄를 없이 할 때에 저희에게 이루어

"너희가 스스로 지혜 있다 함을 면키 위하여……" 이 문장은 "너희가 스스로 지혜롭다고 여기지 않도록 하기 위하여……"라는 뜻이다. 스스로 지혜롭다고 여긴다는 말은 스스로 모든 것을 안다는 자만에 빠져 있음을 뜻한다.

이방 출신 그리스도인들 가운데는 스스로 어딘가 괜찮은 구석이 있어서 그리스도인이 되었다고 생각하는 자들이 있었다. 그러나 그들이 그리스도인으로 된 것은 자기네 노력이나 행운이 아니라, 유대인의 완고함을 역이용하신 하나님의 비밀스러운 섭리에 의한 것이었다.

"이방인의 충만한 수가 들어오기까지 이스라엘의 더러는 완악하게 된 것이라." 이 문장은 "이방인들이 구원받는 이들의 충만한 수에 들어올 때까지 이스라엘의 일부가 완고하리라는 것이다"로 읽는다.(박영식) 구원받은 이방인의 수효가 채워질 때까지 이스라엘 가운데 일부가 복음에 대하여 완고한 자세를 유지한다는 뜻이다. 이는 쉽게 파악되지 않는, 말 그대로 하나님의 비밀에 속한다. 이 신비를 미처 모르는 자들이 우쭐한 마음으로 이스라엘을 멸시하거나 스스로 모든 것을 안다고 생각한다면 그것은 자만이라는 또 다른 죄를 짓는 것이 아닐 수 없다. 지금 바울은 이방 출신 그리스도인들에게 그 점을 경계하고 있는 것이다.

25절을 『번역자의 신약성서』로 읽으면 다음과 같다. 참고할 만하다.

"형제들아, 여기 숨겨진 진실이 있거니와 나는 그대들이 이 진실을 알아야 한다고 생각한다. 이 진실이 그대들을 자만에서 건져줄 것이다. 그것은 이스라엘 사람들 가운데 일부가 완고해졌고 마침내 모든 이방인이 들어올 때까지 계속 완고하리라는 진실이다."

거듭 말하거니와, 이스라엘의 일부가 고집스럽게 예수님과 그 분의 복음을 거절한 것이 하나님께서 억지로 그렇게 만드신 것은 물론 아니었다. 그러나 그것은 엄연한 사실이었다. 그것이 비록 당신의 뜻에 대한 인간(유대인)의 거역이기는 했지만 하나님께서는 그것을 역이용하여 이방인을 구원하는 방편으로 삼으셨고, 나아가 마침내 모든 이방인과 모든 이스라엘을 함께 구원하시는 것이다. 사람들한테 버림받은 돌을 성전 머릿돌로 삼으시는 하나님께서 당신의 아들을 배척한 일부 이스라엘의 완악함을 역이용하여 온 이방인과 온 이스라엘을 구원하신다.

지나친 물질주의와 걷잡을 수 없는 기계 문명의 가속화로 말미암아 지구가 파멸될 것을 우려하는 목소리가 자못 드높다. 그러나 이스라엘의 완악함을 이용하여 이스라엘과 이방인을 함께 구원하시는 하나님의 비밀스럽고 완벽한 솜씨를 믿는다면, 두려움 대신에 흔들리지 않는 낙천(樂天)으로 하나님을 찬양해야 할 것이다. 믿는 자에게 비관(悲觀)은 있을 수 없는 것!

복음으로 하면 저희가 너희를 인하여 원수된 자요 택하심으로 하면 조상들을 인하여 사랑을 입은 자라 하나님의 은사와

부르심에는 후회하심이 없느니라 11 : 28～29

저희가 너희를 인하여 원수되었다는 말은 너희(이방인)를 구원받게 하기 위하여 저희(유대인)가 복음의 원수로 되었다는 말이다. 이는 이방인을 구원하기 위해서 일부러 유대인을 복음의 원수로 만들었다는 뜻이 아니라 이스라엘의 일부가 복음의 원수로 된 것을 이용하여 이방인을 구원하셨다는 뜻이다.

비록 유대인이 복음을 배척하기는 했지만 그 때문에 하나님이 그들을 배척하시지는 않는다. 하나님 사전에는 '배척' 이라는 단어가 있을 수 없다. 왜냐하면 하나님께는 누구를 내쫓을 '바깥' 이 없기 때문이다.

조상을 택한 것은 곧 후손을 택한 것이다. 조상과 후손은 한 몸이다. 하나님께는 과거 · 미래 · 현재가 따로 존재하지 않는다. '후회' 란 과거가 있어야 가능한 것. '과거' 가 없는 하나님께 '후회' 또한 있을 수 없다. 하나님께서는 사람처럼 이랬다저랬다 하지 않으신다.

너희가 전에 하나님께 순종치 아니하더니 이스라엘에 순종치 아니함으로 이제 긍휼을 입었는지라 이와 같이 이 사람들이 순종치 아니하니 이는 너희에게 베푸시는 긍휼로 이제 저희도 긍휼을 얻게 하려 하심이니라 하나님이 모든 사람을 순종치 아니하는 가운데 가두어두심은 모든 사람에게 긍휼을 베풀려 하심이로다 11 : 30～32

30절의 '이스라엘에' 는 '이스라엘이' 또는 '이스라엘의' 로 읽어야 한다. 전에는 이스라엘이 불순종하여 이방인이 긍휼을 입었고 이제는 이방인이 입은 긍휼로 말미암아 이스라엘도 긍휼을 입게 되었다. 이스라엘이 복음을 배척함으로써 이방인이 구원을 받게 되었고 이방인이 구원받는 것을 보고 이스라엘도 복음을 받아들여 구원을 받게 된다는 말이다.

먼저 불쌍한 존재가 있어서 그를 불쌍하게 여기는 것이다. 누구를 불쌍하게 여기기 위해서 그를 불쌍한 존재로 만든다는 것은 말이 안 된다. 하나님께서 "모든 사람을 순종치 아니하는 가운데 가두어두셨다"는 말은 그들의 불순종을 용납하셨다는 뜻으로 새겨야 할 것이다.

깊도다 하나님의 지혜와 지식의 부요함이여 그의 판단은 측량치 못할 것이며 그의 길은 찾지 못할 것이로다 누가 주의 마음을 알았느뇨 누가 그의 모사가 되었느뇨 누가 주께 먼저 드려서 갚으심을 받겠느뇨 11: 33~35

길고 자세한 논설이 갑자기 하나님의 지혜와 지식에 대한 찬미로 마감된다. 이 찬탄 앞에서 이제껏 말한 것들이 "지푸라기처럼"(토마스 아퀴노) 가벼워짐을 느낀다.

그렇다! 인간이 무슨 말로 하나님의 섭리를 설명할 것인가? 오직 찬미와 탄식이 있을 뿐!

이는 만물이 주에게서 나오고 주로 말미암고 주에게로 돌아감이라 영광이 그에게 세세에 있으리로다 아멘 11: 36

아멘!

이 세대를 본받지 말고

이제까지 바울은 죄 지은 인간이 예수 그리스도의 은총과 자신의 믿음으로 구원받는 도(道)를 설명했다. 남은 일은 그 도를 실천하는 것이다. 아무리 자세하게 길을 설명해 주었어도 그대로 가지 않는다면 앞에 한 모든 설명이 허사로 돌아가고 만다. 예수님께서도 당신을 보고 "주여, 주여" 하는 자가 천국에 들어가는 게 아니라 아버지의 뜻대로 사는 자라야 들어간다고 하셨다.

12장부터 바울의 권면이 이어진다. 말씀에 대한 이해보다 그대로 따르는 실천이 요구되는 대목이다. 한 가지 기억해 둘 것은, 이제부터 전개되는 바울의 말씀이, 이렇게 살면 그 대가로 구원을 받는다는 게 아니라 구원받은 자로서 마땅히 이렇게 살아야 한다는 권면이라는 사실이다. 이 순서를 뒤집어서는 안 된다. 믿음(실천)보다 은총이 먼저다.

그러므로 형제들아 내가 하나님의 모든 자비하심으로 너희를 권하노니 너희 몸을 하나님이 기뻐하시는 거룩한 산 제사로 드리라 이는 너희의 드릴 영적 예배니라 12: 1

거룩한 산 제사로 드리라는 말은 거룩한 산 제물로 드리라는 말이다. 제물이란, 신에게 바쳐진 물(物)이다. 양을 잡아서 제사를 드리면 양이 제물이다. 양은 자신을 제물로 바칠 능력을 스스로 지니지 못했다. 그러나 인간에게는 제단 위에 자기 몸을 눕힐 능력이 있다. 인간은 자신을 제물로 바칠 수도 있고 물론 바치지 않을 수도 있다. 이 점에서 양과 다르다.

예수님은 당신을 아버지께 스스로 바치신 분이다. "아버지께서 나를 사랑하시는 것은 내가 다시 목숨을 얻기 위하여 목숨을 버림이라 이를 내게서 빼앗는 자가 있는 것이 아니라 내가 스스로 버리노라"(「요」 10 : 17 ~18) 그분의 삶(과 죽음)은 온전한 능동(能動)과 온전한 수동(受動)의 완벽한 일치였다. 그러기에 아무도 그를 강제할 수 없었지만 당신 뜻대로 할 수 있는 일도 없었다. 그분의 일상은 다만 아버지의 뜻을 이루고 완성하는 것이었다.

제단 위에 바쳐진 제물은 이미 자신의 몸과 함께 자유 의지를 신에게 바쳤으므로 더 이상 살아 있는 목숨이 아니다. 자기 마음대로 생각하고 말하고 행동할 수가 없다. 그러나 그는 쉬지 않고 생각하며 말하며 행동한다.(예수님도 바울도 숨지는 순간까지 언행을 멈추지 않으셨다.) 이렇게 살아 있기에 '죽은' 제물이 아니라 '산' 제물이다.

'살아 있는 제물' 이란 개념에는 모순의 통일이 암시되어 있다. 그것은 '살아 있는 주검' 과 같은 말이다. 이를 바울은 다음과 같은 말로 표현한다.

"그런즉 이제는 내가 산 것이 아니요 오직 내 안에 그리스도께서 사신 것이라."(「갈」 2 : 20)

이렇게 사는 것이 바로 하나님께 바쳐진 산 제물의 모습이다. 그리고 이것이 진정한 예배다. 예배는 영이신 하나님께 바치는 것이기에 신령과 진리로 드려야 한다. 그런데 그것은 우리의 '영'을 드리는 것이 아니라 '몸'을 드리는 것이다. 살과 피가 흐르고 생각하고 말하고 행동하는 몸을 하나님께 바쳐서, 죽은 몸으로 살아가는 것, 그것이 바로 우리가 바쳐야 하는 진정한 예배다. 구원받은 자의 삶은 그 자체가 거룩한 예배인 것이다.

너희는 이 세대를 본받지 말고 오직 마음을 새롭게 함으로 변화를 받아 하나님의 선하시고 기뻐하시고 온전하신 뜻이 무엇인지 분별하도록 하라 12 : 2

삶이 그대로 예배가 되려면 어떻게 해야 할까? 어떻게 살아가는 것이 하나님께 드리는 산 제사인가? 이 질문에 대한 바울의 대답은 두 가지로 나뉜다.

첫째, 부정(否定)의 길인데 이 세대를 본받지 않는 것이다. 바울이 말하는 이 세대란 아담의 길을 걷는 사람들을 가리킨다. 그들은 하나님의 명(命)을 알면서도 어기고 자기의 욕심을 좇아서 살아간다. 그리스도인은 세상에 살면서 세상의 길을 따르지 말아야 한다. 많은 사람이 걸어가는 넓은 길을 함께 걸으면서 그리스도인으로 살아갈 수는 없는 일이다.

감각의 대상만을 좇아서 살면 이 세대를 본받지 않을 방법이 없다. 사람이 무엇을 본받는 일은 그것과 늘 가까이 있을 때 절로 이루어진다. 온종일 기계와 함께 살아가는 사람이 저도 모르게 기계를 닮고, 독재자와 투쟁하는 사람이 독재자로 변해 있듯이, 세상에 사는 동안 세상과 가까이 있으면 세상을 닮지 않을 수 없는 것이다. 세상에 살면서 세상을 본받지 않으려면 감각이 닿는 곳 '저 너머'를 넘어 볼 수 있어야 한다. 온갖 현상(現像)에서 그 속에 감추어져 있는 진상(眞相)을 보는 눈의 소유자만이 세속에 살면서 세속을 본받지 않을 수 있다. 성녀(聖女) 아기 예수의 데레사는 하루에 3분 이상 예수님을 잊고 지낸 적이 없었다고 한다. 그렇게 살면서 어떻게 예수님을 아니 닮을 수 있겠는가?

두 번째는 긍정(肯定)의 길인데 하나님의 뜻을 분별하는 것이다. 하나님의 뜻은 언제나 선하시고 기쁨을 안겨주며 온전하시다. 그 뜻을 분별하려면 마음이 깨끗해야 한다. 예수님은 마음이 깨끗해야 하나님을 본받는다고 하셨다. 깨끗한 마음이란, 마음 밖에 아무것도 없는 마음이다. 무심(無心)한 심(心)이라고 할까? 거울처럼 맑아서 보이는 대상에 따라 이랬다저랬다 하지 않는 마음, 그래서 보고 싶은 대로 보지 않고 보이는 대로 보는 마음, 그런 마음을 가진 사람이라야 하나님의 뜻을 분별할 수 있다.

12장 1~2절은 구원받은 자의 삶이 어떠해야 하는지에 대한 바울의 서술을 요약하고 있다.

내게 주신 은혜로 말미암아 너희 중 각 사람에게 말하노니 마땅히 생각할 그 이상의 생각을 품지 말고 오직 하나님께서 각 사람에게 나눠주신 믿음의 분량대로 지혜롭게 생각하라

12: 3

우주를 지탱하는 것은 우주를 구성하고 있는 여러 사물들이 아니라 그것들 사이에서 이루어지고 있는 조화로운 관계다. 우리 몸을 지탱하는 힘은 각 지체들에 고루 분산되어 있는 게 아니라 그것들이 서로 조화를 이루며 유기적인 관계를 이루고 있는 데 있다. 손이 팔에서 떨어져 나온다면 더 이상 손이 아니고 팔이 어깨에서 분리된다면 더 이상 팔이 아니다.

많은 사람이 그리스도 안에서 한 몸을 이루어 서로 지체가 되는 것이 곧 바울의 교회다. 달리 말하면, 교회란 그리스도의 몸인 것이다. 전체인 교회의 생명은 개체인 그리스도인 각자가 자기에게 맡겨진 직분을 잘 감당하는 데 있다. 손은 손의 일이 있고 발은 발의 일이 있다. 손이 심장의 일을 하려고 하거나 눈이 발의 일을 하려고 한다면 그것은 "마땅히 생각할 그 이상의 생각을" 품는 것이다. 그래서는 전체의 조화가 이루어질 수 없다. 아무리 선한 일이라 해도 분수에 넘치는 의욕을 품으면 반드시 화(禍)를 부르게 마련이다. 안분신무욕(安分身無辱)이라, 자기 분수에 맞도록 처신하면 몸에 욕이 돌아오지 않는다고 했다.

"믿음의 분량대로"라는 말은 하나님께서 각자에게 베푸신 '신임의 척도에 따라서' 라는 말로 새긴다.

한 몸에 여러 지체

교회를 그리스도의 몸에 견주어 설명한 것은 바울의 뛰어난 지혜다. 몸은 생명이다. 그러므로 교회는 그 구성원들 사이에 유기적 연결이 있어야 하고 세월과 함께 성장 · 성숙해야 한다. 겉이든 속이든 굳어진 교회는 이미 교회가 아니다. 생명은 열려 있음이요, 끊임없이 이어지는 변화이기 때문이다.

"하나님이 기뻐하시는 거룩한 산 제사"로 드려진 사람은 그로써 교회의 한 지체(肢體)가 되었다. 바야흐로 교회 없이는 살아갈 수 없는 존재가 된 것이다. 교회를 떠난 그리스도인은 존재 자체가 불가능하다. 그리스도 교회와 그리스도인은 포도나무와 포도나무 가지처럼 불이비일(不二非一, 둘도 아니고 하나도 아님)의 관계다. 구원받은 천국 시민으로서 이 세상을 어떻게 살아야 하는지를 말하는 자리에서 교회론을 먼저 꺼내는 것은 지극히 당연한 일이다.

우리가 한 몸에 많은 지체를 가졌으나 모든 지체가 같은 직분을 가진 것이 아니니 이와 같이 우리 많은 사람이 그리스도 안에서 한 몸이 되어 서로 지체가 되었느니라 12 : 4~5

몸은 하나인데 그것을 이루고 있는 지체는 여럿이다. 하나가 여럿이요 여럿이 하나다.(一卽多, 多卽一) 이것이 이른바 '존재의 신비' 다.

한 몸에 여러 지체인데 그 지체들은 서로 배타할 수 없는 운명을 지녔다. 어느 한 지체가 다른 지체를 배타한다면 그것은 스스로 자기를 배타하는 것이다.

"몸은 한 지체뿐 아니요 여럿이니…… 만일 온몸이 눈이면 듣는 곳은 어디며 온몸이 듣는 곳이면 냄새 맡는 곳은 어디뇨.…… 이제 지체는 많으나 몸은 하나라. 눈이 손더러 내가 너를 쓸데없다 하거나 또한 머리가 발더러 내가 너를 쓸데없다 하거나 하지 못하리라…… 몸 가운데서 분쟁이 없고 오직 여러 지체가 서로 같이하여 돌아보게 하셨으니 만일 한 지체가 고통을 받으면 모든 지체도 함께 고통을 받고 한 지체가 영광을 얻으면 모든 지체도 함께 즐거워하나니 너희는 그리스도의 몸이요 지체의 각 부분이라."(「고전」 12 : 14, 17, 20, 21, 25~27)

따라서 교회에서는 어떤 명분으로든 한 구성원의 독재(獨裁)가 허용될 수 없다. 유일하게 허용되는, 허용이라기보다 반드시 이루어져야 하는 독재는 교회 자체이자 교회의 머리이신 예수 그리스도의 독재다. 누구도 그분의 뜻에 이의(異議)를 달거나 그분의 명령을 거역해서는 안 된다. 그분과 더불어 교회 일을 의논도 할 수 없다. 교회에서 있을 수 있고 또 반드시 있어야 하는 것은 오직 예수 그리스도께 대한 순명(順命)뿐이다. 그분의 명(命) 앞에서 모든 지체가 자신의 의지를 침묵시켜야 한다. 아무리 유능하고 위대한 목사라 해도 교회에서 독선을 행하는 일은 있을 수 없다. 목사는 그리스도의 종이지 그리스도가 아니기 때문이다.

우리에게 주신 은혜대로 받은 은사가 각각 다르니 혹 예언이면 믿음의 분수대로 혹 섬기는 일이면 섬기는 일로 혹 가르치는 자면 가르치는 일로 혹 권위하는 자면 권위하는 일로 구제하는 자는 성실함으로 다스리는 자는 부지런함으로 긍휼을 베푸는 자는 즐거움으로 할 것이니라 12: 6~8

은혜도 은사도 모두가 주는 이의 마음이다. 받는 쪽은 그것에 대하여 이러니저러니 할 수 없다. 다만 받을 것이냐 거절할 것이냐, 그것을 결정할 수 있을 따름이다. 일단 받기로 결심했으면 받은 것으로 만족하고 감사할 일이다. 자기가 받은 은사를 남이 받은 은사에 견주어보고 우쭐거리거나 시샘을 한다면 이는 은사받은 자의 마땅한 태도가 결코 아니다. 진정한 그리스도인이라면 자기에게 아무런 은사를 주시지 않은 것에 대하여도 감사해야 한다. 그러나 그런 경우는 있을 수 없다. 그리스도인이 되었으면서도 자기가 무슨 은사를 받았는지 모른다면 그것은 은사가 주어지지 않았기 때문이 아니라 이미 주어진 은사를 받아들일 줄 몰라서다.

예언을 믿음의 분수대로 하라는 말(12: 6)은 두 가지 뜻으로 읽을 수 있다. 하나는, 자기의 믿음만큼 예언을 하라는 뜻이요 다른 하나는, 하나님이 베푸신 신임의 정도에 맞추어(박영식) 예언을 하라는 뜻이다. 어떻게 읽든 요컨대 하나님께서 일러주신 것만을 겸손한 자세로, 마지 못하여, 예언하라는 뜻으로 새긴다. 이런 태도(어깨를 으스대며 자랑스럽게 나서지 않고 겸손하게 자기를 감추며 마지 못해서 맡겨진 일을 하는 태도)는 예언뿐만 아니라 다른 모든 은사에도 해당된다. 간혹 치유의 은사를 받은 자가 자기를 세상에 선전하며 스스로 무슨 대단한 존재라도 된 것처럼 착각하는 모양을 보게 됨은 딱하고 안타까운 일이 아닐 수 없다.

은사를 받은 자는 각자 자기에게 주어진 일을 하면 그뿐이다. 혼자서 이것도 하고 저것도 하려는 것은 욕심이다. 아무리 동기가 좋아도 욕심이 앞서면 나쁜 결과를 빚게 마련이다. 과욕은 마이너스 부호 같아서 어떤 것 앞에 붙여도 그것의 가치만큼 역효과를 가져온다.

사랑엔 거짓이 없나니 악을 미워하고 선에 속하라 형제를 사랑하여 서로 우애하고 존경하기를 서로 먼저 하며 부지런하여 게으르지 말고 열심을 품고 주를 섬기라 소망중에 즐거워하며 환난중에 참으며 기도에 항상 힘쓰며 성도들의 쓸 것을 공급하며 손 대접하기를 힘쓰라 12 : 9 ~ 13

사랑에 거짓이 없다는 말은 사랑을 거짓으로 해서는 안 된다는 뜻이다. 9절 앞부분을 『예루살렘 성서』는 이렇게 옮겨놓았다. "그대의 사랑으로 하여금 겉치레가 되지 않게 하시오."

그리스도인이란 하나님의 임재(임마누엘)를 믿는 사람이다. 달리 말하면 언제 어디서나 자기가 하나님 앞에 있음을 기억하고 살아가는 사람이다. 그러므로 그리스도인은 어떤 일도 거짓으로 하지 않는다. 모든 것을 아시는 하나님 앞에서 속임수란 있을 수 없는 일임을 잘 알고 있기 때문이다. 또한 감추거나 은밀하게 하는 일도 없다. 하나님 앞에서 무엇을 감춘다는 것이 처음부터 불가능함을 알고 있기 때문이다. 예수님은 모든 일을 드러내놓고 하신 분이다.(「요」 18 : 20)

이원(二元) 구조로 되어 있는 상대계(相對界)에서는 무엇을 사랑한다는 것이 둘 가운데 하나를 선택하는 것일 수밖에 없다. 그래서 악을 미워하고 선에 속하라고 했다.

형제를 사랑하는 데는 이유가 따로 없다. 형제라서, 사랑하지 않을 수 없어서, 그래서 사랑하는 것이다. 아픈 다리를 손이 두드려주고 손에 박힌 가시를 눈이 찾아내는 데 무슨 이유가 있겠는가?

사랑은 주고받는 것. 받는 사랑 없으면 주는 사랑 없고, 주는 사랑 없으면 받는 사랑 없다. 그러나 주는 사랑이 먼저다. 주고받는 것이지 받고 주는 것이 아니다. 그러기에 서로 '먼저' 상대를 사랑해야 한다.

소망중에 즐거워하기, 환난중에 참기, 기도에 힘쓰기, 성도들 쓸 것 공급하기, 나그네 대접하기. 이것들은 구원받은 자가 마땅히 지켜야 할 기본 행동 강령이다. 신앙은 관념이 아니다. 구체화된 행동이다. 바울이 행위를 젖혀둔 채 믿음을 강조했다고 생각하는 것은 터무니없는 오해다.

선으로 악을 이기라

바울이 「로마서」를 쓸 무렵에 이미 본격적으로 그리스도인 박해가 진행되고 있었다. 환난중에 참으라(12: 13)는 바울의 권면은 결코 관념어가 아니다. 그 말은 "유대인들에게 사십에 하나 감한 매를 다섯 번 맞았으며 세 번 태장으로 맞고 한 번 돌로 맞고" 자기를 죽이려는 자들을 피해 "광주리를 타고 들창문으로 성벽을 내려가 그 손에서 벗어난" 일도 있는(「고후」 11: 24~25, 33) 사람이 하는 말이다. 책상물림이 머릿속으로만 생각한 말로 읽으면 안 된다.

바울의 편지는 사색의 열매이기 전에 경험의 열매다. 읽는 사람은 이 사실을 염두에 두고 읽을 필요가 있다.

너희를 핍박하는 자를 축복하라 축복하고 저주하지 말라

12: 14

예수님의 가르침("너희 원수를 사랑하며 너희를 핍박하는 자를 위하여 기도하라"—「마」 5: 44)을 그대로 실천하라는 말씀이다.

세상에 박해받기를 스스로 바라는 사람은 없을 것이다. 그러나 세상에 박해를 받지 않고서 성장 · 성숙한 종교 또한 없다. 박해는 괴롭고 아픈 것이지만 인격의 성숙을 위해 없어서는 안 되는 '입에 쓴 약'이다.

그러고 보면 나에게 지금 고통을 주고 있는 저 박해자는 내 인격의(신앙의) 성숙을 돕고 있는 것이다. 이는 그냥 한번 해보는 소리가 아니다. 엄연한 사실이요 진실이다. 이 진실을 깨달으면 박해자를 저주할 수가 없다. 오히려 그를 위해 복을 빌고 기도할 따름이다. 예수님도 당신을 십자가에 처형하는 무리를 위해 저들을 용서해 달라고 기도하셨다.

물론, 지금 나를 박해하고 있는 자들의 생각과 행위를 정당하게 여기라는 말은 아니다. 저들은 분명히 잘못을 저지르고 있다. 해서는 안 될 일을 하고 있는 것이다. 자기가 지금 무슨 짓을 하고 있는 건지 몰라서 그런다고 하지만, 무지(無知)도 죄악이다. 죄악 가운데서도 큰 죄악이다.

그러나 진리는 참으로 역설이다. 박해자는 지금 자신의 무지와 범죄로 나의 성숙을 돕고 있는 것이다. 만약에 초대 그리스도교회가 로마의 카타콤(지하 묘지)에 숨어 예배하다가 잡혀 순교당하는 박해를 경험하지 않았다면, 오늘의 그리스도교는 없었을 것이다. 빌라도가 빌라도의 오판(誤判)을 저지르지 않고, 가야바가 가야바의 과오를 범하지 않았다면, 그리고 저들의 부추김에 놀아난 대중의 어리석음이 없었다면 예수님인들 어떻게 십자가에 달리셨겠는가? 그랬더라면 우리는 그리스도의 십자가에 대하여 아무 아는 바가 없을 것이고 지상에는 그리스도교라는 종교가 존재하지 않을 것이다.

거듭 말하거니와, 저들의 공(功)을 인정하자는 게 아니다. 다만 저들의 과(過)가 우리의 성장 · 성숙에 도움이 되었다는(되고 있다는) 역설을 깨닫고 저들을 위하여 복을 빌어주자는 얘기다.

저들이 비록 우리에게 잘못을 저질렀지만 우리는 저들을 저주할 수 없다. 남들이 어떻게 하든, 착한 사람은 오직 착한 행실을 보일 따름이다. 우리가 박해자들을 위해 복을 빌어주는 까닭은, 저들이 우리를 돕는다는 진실에 눈을 떴기 때문이기도 하지만, 그보다 우리 자신이 남에게 저주는 할 수 없고 다만 복을 빌어줄 수밖에 없는 사람으로 거듭났기 때문이다.

"착하게 구는 사람을 나는 착하게 대한다. 착하지 않게 구는 사람을 나는 역시 착하게 대한다. 덕(德)이란 착한 것이다."(『老子』, 49장)

즐거워하는 자들로 함께 즐거워하고 우는 자들로 함께 울라

12: 15

삶의 중심을 머리가 아닌 가슴에 두면, 우는 자와 함께, 비록 나에게는 울어야 할 이유가 없더라도, 울 수 있으며 즐거워하는 자와 함께, 비록 나에게는 즐거울 일이 없다 해도, 즐거워할 수 있다. 나사로의 무덤 앞에서 눈물을 흘리신 예수님(「요」 11: 35)처럼. 그런 사람을 우리는 가슴이 살아 있는 사람이라고 부를 수 있고, 가슴이 살아 있는 사람이야말로 참사람이다. 그의 가슴속

에 사랑이 살아 있기 때문이다.

서로 마음을 같이하며 높은 데 마음을 두지 말고 도리어 낮은 데 처하며 스스로 지혜 있는 체 말라 12: 16

두 사람이 마음을 같이하는 일은 두 사람이 함께(동시에) 노력해서 이루어지는 것이 아니다. 둘 가운데 누군가 먼저 자기 마음을 비워 상대의 마음으로 자기 마음을 삼아야 한다. 옛말에 성인(聖人)은 자기 마음을 따로 지니지 않고 백성의 마음으로 자기 마음을 삼는다(聖人無常心, 以百姓心爲心 —『老子』, 49장)고 하였다. 하나님과 인간 사이의 화해도 하나님과 인간이 함께(동시에) 노력해서 이룬 것이 아니다. 하나님께서 일방(一方)으로 '먼저' 당신 아들을 보내셨다. 물론 한쪽의 노력만으로 진정한 화해가 이루어지는 것은 아니지만 시작은 어느 한쪽이 '먼저' 해야 한다.

예수님의 가르침대로 살면 저절로 높은 데 마음을 두지 않게 된다. 높은 데 마음을 둔다는 것은 출세하여 높은 자리에 앉으려고 욕심을 낸다는 말이다. 예수님의 제자가 되어 스스로 '지도자'의 자리에 앉고자 '출마'(出馬)를 한다는 것은 소가 웃을 일이다. 스스로 지혜로운 척하는 자보다 더 어리석은 인간이 세상에 있을까?

아무에게도 악으로 악을 갚지 말고 모든 사람 앞에서 선한

일을 도모하라 할 수 있거든 너희로서는 모든 사람으로 더불어 평화하라 12: 17~18

악으로 악을 갚는 것은 악에 동조하는 것말고 아무것도 아니다. 상대를 가리면 그것은 참된 선행이 아니다. 태양이 밤낮없이 태양이듯이, 선은 언제 어디서나 누구한테나 선일 뿐이다. 그러나 사람과 사람 사이의 평화는 일방으로 이루어지는 게 아니다. 그래서 "할 수 있거든"이라는 단서가 필요하다. 사람과 평화를 이루는 일은 억지로 할 수도 없고 해서도 안 되는 것이다.

내 사랑하는 자들아 너희가 친히 원수를 갚지 말고 진노하심에 맡기라 기록되었으되 원수 갚는 것이 내게 있으니 내가 갚으리라고 주께서 말씀하시니라 원수가 주리거든 먹이고 목마르거든 마시우라 그리함으로 네가 숯불을 그 머리에 쌓아놓으리라 12: 19~20

만일 '원수' 가 있거든 그렇게 하라는 말이다. 믿음이 깊어질수록 '원수' 라고 부를 존재가 사라지다가 마침내 그리스도와 일체를 이루면 더 이상 원수는 없다. 거기까지 가는 동안에는 원수를 먹이고 마시게 하는 수고가 필요하다. 숯불을 머리에 쌓아놓는다는 말은 그렇게 해서 상대의 머리를 태워버린다는 뜻이 아니라 그를 부끄럽게 한다는 뜻으로 읽는다.(아우구스틴, 제롬 등)

악에게 지지 말고 선으로 악을 이기라 12: 21

악과 맞붙어 싸워서 이기라는 말이 아니다. 선은 그 무엇하고도 맞서 싸우지 않는다. 그래서 선이다. 선은 다만 자기를 지킬 따름이다. 아무하고도 싸우지를 않으니 누구도 저를 이기지 못한다.

권세에 복종하라

사람은 영(靈)을 모신 육(肉)이 아니라 육을 입은 영이다. 사람의 중심은 육이 아니라 영에 있다. 물론 영과 육이 서로 떨어질 수 없는 한 몸이므로 이것을 중요시하면서 저것을 가벼이 여길 수는 없다. 그러나 선후(先後)를 분명히 하는 것이 하나님의 법일진대, 육이 아니라 영의 자리에서 만사를 보고 처리함이 그리스도인의 마땅한 자세다.

영이 육을 위해 있는 것이 아니라 그 반대다. 그러기에 바울은 '불의한 권력에 대한 비겁한 굴복' 이라는 오해를 무릅쓰고 "위에 있는 권세들에게 굴복하라"는 문장을 그의 서신에 써넣을 수 있었다. 그에게 중요한 것은 사람이 얼마나 장수를 누리며 오래 사느냐에 있지 않았다. 다만 하루를 살더라도 "그리스도 예수께 잡힌 바 된 그것을 잡으려고"(「빌」 3: 12) 좇아가는 데 인생의 의미와 목적을 두었다. 우리가 '오늘 하루' 를 산다면 그 '오늘 하루' 가 참된 그리스도인으로 태어나서 자랄 수 있는 '기회' 로 될 수 있기에 그래서 가치 있다는 얘기다. 그러기에 바울은 구차하게 목숨을 연장하기 위해서가 아니라 그리스도인으로 성숙할 아까운 기회를 잃게 될까 그것을 우려하여 권세에 복종하라고 권면하고 있는 것이다. 왜냐하면 그리스도인이 그리스도인으로 성숙해 가는 일은 아무리 불의한 폭군의 다스림 아래에서도 가능한 일이기 때문이다.

거듭 말하거니와, 불의한 권세를 두둔하고 정당화하자는 게 아니다. 다만 그런 것들이 그리스도인의 성숙을 방해할 수 없고 오히려 도움이 된다는 역설을 말하고 있는 것이다.

각 사람은 위에 있는 권세들에게 굴복하라 권세는 하나님께로 나지 않음이 없나니 모든 권세는 다 하나님의 정하신 바라 그러므로 권세를 거스리는 자는 하나님의 명을 거스림이니 거스리는 자들은 심판을 자취하리라 13：1～2

빌라도의 권세도 하나님께서 주신 것이었다.("예수께서 〔빌라도에게〕 대답하시되 위에서 주지 아니하셨더면 나를 해할 권세가 없었으리니"―「요」19：11)

예수님이 세상에 오신 것은 빌라도의 권세를 거역하기 위해서가 아니라 오직 하나님께 복종함으로써 영원히 사는 길을 사람들에게 가르치고 보여주기 위해서였다. 그리스도인이 세상에 살아가는 이유와 목적 또한, 세속 권세에 저항하는 데 있지 않고 오직 하나님의 법을 따라서 살아가는 데 있다. 하나님의 법(명령)을 좇아서 살아가는 그리스도인의 삶이 세상 권력자의 눈에 '저항'으로 보이는 것은 어쩔 수 없는 일이다.

관원들은 선한 일에 대하여 두려움이 되지 않고 악한 일에 대하여 되나니 네가 권세를 두려워하지 아니하려느냐 선을 행하라 그리하면 그에게 칭찬을 받으리라 그는 하나님의 사자가 되어 네게 선을 이루는 자니라 그러나 네가 악을 행하거든 두려워하라 그가 공연히 칼을 가지지 아니하였으니 곧 하나님의 사자가 되어 악을 행하는 자에게 진노하심을 위하여 보응하는 자니라 13 : 3~4

하나님의 법을 좇아서 살아간다는 말은 사랑을 실천한다는 말이다. 사랑하는 사람에게는 두려울 것이 없다. 누구도 어떤 권세도 사람이 사랑하는 것을 막거나 꺾을 수 없기 때문이다.

그러나 이쪽의 순수한 사랑을 권력자 쪽에서 불순한 저항으로 보고 억압 · 박해할 수는 얼마든지 있는 일이다. 세상에는 하나님을 대신하여 악을 행하는 자에게 진노하는 권세도 있지만 그렇지 않은 권세도 있기 때문이다. 오히려 세속 권세라는 게 거의 다 그 모양이다. 사도 바울이 이 점을 염두에 두고 한마디쯤 해명의 언사를 보탰더라면 하는 아쉬움이 남는다.

하기는 바울이 그것을 모르셨을 리 없고, 어쩌면 이 편지가 그리스도인뿐만 아니라 로마의 권력자들에게도 읽힐 수 있으리라는 계산이 작용했는지 모를 일이다. 당신의 유일한 목표가 오직 복음을 널리 전하는 데 있었기 때문에 구태여 권력자들의 비위를 건드려 박해를 자초할 필요가 없다고 판단했을 수도 있는 일이다. 독자들이 그 뜻을 잘 헤아려 읽어야 할 대목이다.

그러므로 굴복하지 아니할 수 없으니 노(怒)를 인하여만 할 것이 아니요 또한 양심을 인하여 할 것이라 13: 5

이왕 굴복할 바에야 벌(罰)을 겁내서 마지못해 할 것이 아니라 기꺼이 스스로 할 것이다. 사랑을 실천하다가 박해를 받는 일이야말로 그리스도인의 영광 아닌가? 머뭇거릴 이유가 없다.

너희가 공세를 바치는 것도 이를 인함이라 저희가 하나님의 일군이 되어 바로 이 일에 항상 힘쓰느니라 모든 자에게 줄 것을 주되 공세를 받을 자에게 공세를 바치고 국세받을 자에게 국세를 바치고 두려워할 자를 두려워하며 존경할 자를 존경하라 13: 6~7

물처럼 살라는 말인가? 물은 만물을 이롭게 하되 아무와도 맞서 싸우지 않는다(水善利萬物而不爭 ―『老子』, 8장)고 했다. 물이 만물을 이롭게 하고 맞서 싸우지 않는 것은 그러려는 의지가 있어서 그러는 게 아니라 물의 성(性)을 좇아 절로 그러는 것이다. 영생의 길을 알고 있는 사람은 공세와 국세 바치는 일이나 권력자에게 복종하는 일 따위로 그 길이 가로막히지 않는다.

피차 사랑의 빚 외에는 아무에게든지 아무 빚도 지지 말라 남을 사랑하는 자는 율법을 다 이루었느니라 13: 8

무엇을 주면 준 만큼 받게 되듯이 무엇을 받으면 받은 만큼 갚아야 한다. 주고받는 것은 동떨어진 사건이 아니라 한 사건의 두 얼굴이기 때문이다.

갚을 것을 갚지 못하면(않으면) 빚으로 남는다. 바울은 아무에게 아무 빚도 지지 말라고 한다. 갚아야 할 빚이 있는 사람은 그만큼 자유롭지 못할 수밖에 없다. 그리스도인은 온전한 자유를 누리는 사람이다.

그러나 한 가지, 사랑의 빚만큼은 져도 된다. 될 뿐만 아니라 많이 질수록 좋다. 사랑이란 주는 만큼 덜어지는 무엇이 아니라 오히려 줄수록 더욱 많아지는 신기한 무엇이기 때문이다.

간혹 남에게 베푸는 일은 곧잘 하는데 남에게서 받는 일은 잘 못하는 사람을 본다. 그것은 건강한 모습이 아니다. 내가 받지 않으면 아무도 나에게 무엇을 줄 수 없다. 사랑을 거절하는 것은 남으로 하여금 사랑을 베풀지 못하게 하는 것이니, 결코 바람직한 일이 아니다.

간음하지 말라 살인하지 말라 도적질하지 말라 탐내지 말라 한 것과 그 외에 다른 계명이 있을지라도 네 이웃을 네 자신과 같이 사랑하라 하신 그 말씀 가운데 다 들었느니라 사랑은 이웃에게 악을 행치 아니하나니 그러므로 사랑은 율법의 완성이니라 13 : 9~10

사랑은 '0' (零, zero)과 같다. 아무리 큰(작은) 수도 '0' 과 곱하기로 만나면 '0'이 된다. '0'은 숫자의 완성이다. 그리스도인이란 사랑말고는 아무것도 없는 사람이다. 그리스도를 통하여 '사랑'이신 하나님과 곱하기로 만나 하나로 되었기 때문이다. 따라서 완전한 그리스도인에게는 지켜야 할 계명이 따로 없다.

자다가 깰 때

'깨어남' 이야말로 종교의 모든 것이다. '나' (ego)라고 하는 물건이 따로 있다는 착각과 미몽에서 깨어나 천상천하에 홀로 존귀한 '나' (the self)로 돌아가는 것이 부처(깨어난 사람)의 길이라면, 자기 중심과 이기욕의 죄악된 세상에 대하여 죽고 오직 하나님의 뜻이 실현되는 하늘나라 백성으로 거듭나는 것이 예수의 길이다. 예수님은 제자들에게 깨어 있을 것을 틈틈이 가르치셨거니와 그들과 함께 보낸 마지막날 밤에도 "시험에 들지 않게 깨어 있어 기도하라" (「막」 14 : 38)고 이르셨다.

사람은 깨어 있지 않으면 잠들어 있고 잠들어 있지 않으면 깨어 있을 뿐, 이도 저도 아닌 제3의 다른 상태에 있을 수는 없다. 비몽사몽(非夢似夢)이라는 말이 있긴 하지만, 깨어 있으면서 잠을 자거나 잠자면서 깨어 있을 수는 없는 일이다.

잠을 자면서도 우리는 먹고 마시고 일도 하고 싸우기도 하는데 그런 것을 일컬어 '꿈' 이라고 부른다. 그런데 꿈에 하는 일은 모두가 헛일이다. 음식을 먹어도 배부르지 않고 높은 벼슬에 올라도 신상에 아무 달라진 바 없다. 세상에 사는 동안 '잠' 에서 깨어나지 못한다면, 우리가 하는 모든 일이 허망(虛妄)으로 끝날 것이다. 전도자는 이 사실을 잘 알고 있었다. 그래서 "헛되고 헛되며 헛되고 헛되니 모든 것이 헛되도다"(「전」 1 : 2)라고 말한다. 꿈에 최고급 요리로 배를 채우는 것보다 깨어서 보리죽을 먹는 것이 실한 일이다. 잠든 상태와 깨어 있는 상태는 하늘과 땅의 차이가 아니라 허(虛)와 실(實)의 차이다. 도무지 서로 나란히 견줄 상대가 되지 않는다.

깨어 있는 사람은 무엇을 하든지 허망에 빠질 수 없고 나아가 '잘못' (죄)을 저지를 수도 없다. 깨어 있으면 무엇이 잘못(죄)인 줄을 아는데 어떻게 잘못을 저지를 수 있겠는가? 무엇이 잘못인 줄 안다고 하면서도 잘못을 저지르는 사람은 깨어 있는 사람이 아니라 잠들어 있는 사람이다. 잠들어 있는 동안에는 자기 몸이지만 자기 뜻대로 움직이지 못한다.

인간의 몸은 아주 오래된 버릇덩어리〔習氣〕라고 할 수 있다. 주인이 잠들어 있는 동안 그것(몸)은 버릇에 따라서 움직일 뿐이다. 그러니 날마다 시간마다 부지런히 움직이고 열심히 일하지만 자기의 삶을 산 것이 아니다. '버릇' 은 과거의 산물이다. 잠에서 깨어나지 않는 한, 우리의 삶〔人生〕의 주인공 자리를 얼굴도 없는 '과거' 한테 내어주고 있는 셈이다. 그러고서야 어찌 하루인들 살았다 할 수 있으랴? 그래서 공자님도 아침에 도(道)를 깨달으면 저녁에 죽어도 좋다(朝聞道夕死可矣)고 하셨던 것이리라.

'깨어남' 또는 '깨달음' 을 말하지 않는 사람이라면 그는 우리의 종교적 스승이 아니다. 아무리 엄청난 기적을 일으킨다 해도, 그의 몸이 '깨달음' 을 가리키는 손가락이 아니라면, 그에게 속지 않도록 조심할 일이다.

또한 너희가 이 시기를 알거니와 자다가 깰 때가 벌써 되었으니 이는 이제 우리의 구원이 처음 믿을 때보다 가까왔음이니라 13: 11

천지의 기상(氣象)은 분별하면서 시대는 분별치 못하는 자들을 예수님은 "겉만 꾸미는(外飾) 자들"이라고 나무라셨다.(「눅」 12: 56) 육안으로 보이는 것만 보면서 살면 누구나 그럴 수밖에 없다. 그래서 시대의 뜻(징조)을 읽는 일은 언제나 예언자들(하나님의 사람들) 몫이었다.

바울은 하나님의 가르침을 본받아 이 시대를 "자다가 깰 때"라고 한다. 이 말에는 두 가지 의식이 담겨 있다. 하나는 우리가 지금 잠을 자고 있다는 의식이다. 깨어 있는 사람에게는 '깨어날 때'라는 게 있을 수 없다.

잠든 사람이 스스로 잠들어 있다고 말할 수 있는가? 논리로는 불가능할는지 모르나 실제로는 얼마든지 있는 말이다. 우리는, 이것은 꿈이라고 생각하면서 꿈을 꾼 경험을 지니고 있다.

우리가 '현실'이라고 생각하는 이것 또한 꿈과 같은 것이라고 가르친 이들이 여럿 있고, 사람들은 그들을 성인(聖人) 또는 신의 화신(化身)이라고 부른다.(인도의 라마나 마하르쉬는 현실이 꿈이라고 가르쳤다. 사람들은 그를 신의 화신이라고 불렀다.) 바울도 지금이 잠을 자다가 깰 때라고 말함으로써 우리 모두가 지금 잠 속에 있음을(꿈꾸고 있음을) 일깨워주고 있는 것이다.

'자다가 깰 때' 라는 말에 담겨 있는 또 다른 의식은, 우리가 영원히 계속될 것으로 알고 있는 현실이 곧 끝나고 새로운(또는 본연의) 현실이 펼쳐지리라는 믿음과 희망이다. 잠에서 깨어날 때 우리는 꿈에서 겪던 것보다 훨씬 더 선명하고 몸에 익은 현실로 돌아온다. 그것은 "새롭지만 낯설지 않은"(타고르) 현실이다.

이제 우리는 잠에서 깨어나 이리로 들어오기 전에 살았던 현실로 돌아갈 터인데("우리가 이제는 거울로 보는 것같이 희미하나 그때에는 얼굴과 얼굴을 대하여 볼 것이요"—「고전」 13: 12) 그 '때' 가 가까이 오고 있다는 것이 바울의 말이다. 무슨 뜻인가? 잘라 말하면, 우리 모두에게 '죽는 날' 이 다가오고 있다는 말이다. 우리는 태어나는 순간부터 죽음을 향해 다가간다. 하루를 살면 그만큼 죽음이 가까워지는 것이다. '죽는 날' 은 우리 몸이 본연(本然)의 상태로 '깨어나는 날' 이다. 그리스도인에게는 그날이 '구원의 날' 이요 따라서 죽음은 구원에 들어가는 문이다. 그러기에 "우리의 구원이 처음 믿을 때보다 가까웠다"는 말은, 그만큼 우리에게 '죽는 날' , 다시 말해서 '깨어나는 날' 이 가까워지고 있다는 뜻이다. 이 '운명' 에서 벗어날 사람은 없다. 다만, 그날이 영원한 생명으로 들어가는 날일는지 아니면 심판으로 들어가는 날일는지("선한 일을 행한 자는 생명의 부활로, 악한 일을 행한 자는 심판의 부활로 나오리라"—「요」 5: 29) 속일 수도 속을 수도 없는 것이다.

그날이 '생명' 으로 들어가는 날인 사람은 빛이신 하나님께 가까이 갈 것이요, '심판' 으로 들어가는 날인 사람은 빛이신 하나님을 등질 것이다. 그리고 그것은, 그가 세상에서 빛을 좋아했는지 싫어했는지에 따라 저절로 판가름날 것이다.(「요」 3 : 20~21)

밤이 깊고 낮이 가까왔으니 그러므로 우리가 어두움의 일을 벗고 빛의 갑옷을 입자 낮에와 같이 단정히 행하고 방탕과 술 취하지 말며 음란과 호색하지 말며 쟁투와 시기하지 말고 오직 주 예수 그리스도로 옷 입고 정욕을 위하여 육신의 일을 도모하지 말라 13 : 12~14

하루를 살면 그만큼 밤이 멀어지고 낮이 가까워진다. 밝은 날에 낭패를 당하지 않으려면 서둘러 어둠의 행실을 벗고 빛의 행실을 입을 일이다. 군자는 홀로 있을 때를 삼간다(愼其獨)고 했다. 소인배도 여럿이 있을 때는(어둠에 몸을 숨기지 못할 때) 방탕, 음란, 호색, 다툼을 삼간다.

"하늘을 우러러 한 점 부끄럼이 없는"(윤동주) 사람이 군자요 그리스도인이다.

남의 하인을 판단하는 너는 누구냐?

스승이신 예수께서 우리에게 남을 판단하지 말라고(「마」 7: 1) 가르치신 데는 그럴 만한 이유와 근거가 있다. 만일 우리가 예수님처럼 사물을 본다면, 그렇다면 우리에게도 남을 판단할 자격이 있다고 하겠다. 그러나 우리는 예수님처럼 보지 못한다. 그분은 무엇을 보시든지 당신 혼자서 보지 않으시고 하나님과 함께 보신다. "만일 내가 판단하여도 내 판단이 참되니 이는 내가 혼자 있는 것이 아니요 나를 보내신 이가 나와 함께 계심이라."(「요」 8: 16) 같은 본문을 공동번역으로 읽으면 이렇다. "혹시 내가 무슨 판단을 하더라도 내 판단은 공정하다. 그것은 나 혼자서 판단하지 아니하고 나를 보내신 아버지와 함께 판단하기 때문이다."

사람을 포함하여 모든 동물이 눈을 한 쌍씩 가지고 있는 이유는 외눈보다 두 눈이 더 정확하게 보기 때문이리라. 이에 견주어 말하자면, 예수님은 당신의 눈과 아버지의 눈을 함께 사용하여 보시는데 우리는 그러지를 못한다. 따라서 우리의 판단은 이렇게 보나 저렇게 보나 정확한 판단일 수가 없다. 예수님처럼 '아버지와 함께 보는 눈' 을 뜨게 되기 전까지는 그렇다.

사물을 '아버지와 함께' 본다는 것은 그것의 위 · 아래 · 옆 · 속 · 겉과 그것의 과거 · 현재 · 미래를 한꺼번에 본다는 말이다. 그렇게 보면 사물의 부분과 전체가 옹글게 보일 것이다. 그런데 우리에게는 그런 눈이 없다. 육신을 입은 존재의 한계다. 따라서 우리의 '육신'이 온전히 죽어 예수 그리스도의 몸으로 거듭나기 전에는 그 무엇도 제대로 볼 수 없는 것이다. 이 사실을 알고서, 우리가 누구를 판단할 수 있겠는가?

믿음이 연약한 자를 너희가 받되 그의 의심하는 바를 비판하지 말라 어떤 사람은 모든 것을 먹을 만한 믿음이 있고 연약한 자는 채소를 먹느니라 14: 1~2

신앙 공동체도 결국은 사람들의 모임이다. 그 안에는 믿음이 강한 사람도 약한 사람도 있게 마련이다. 믿음이 강하다는 말은 믿음이 깊다는 말이고 약하다는 말은 얕다는 말이다. 개울이 흘러 강으로 되고 강이 흘러 바다로 되는 것에 견주어, 믿음이 약한 사람은 개울과 같고 그보다 강한 사람은 강과 같고 그보다 더 강한 사람은 바다와 같다고 말할 수 있겠다.

개울은 강의 상류요 바다는 강의 하류다. 강이 개울을 비판, 배척한다면 그것은 제가 저를 비판 · 배척하는 것이다. 있어서도 안 되지만 있을 수도 없는 일이다. 믿음 강한 사람이 믿음 약한 사람을 비판하지 않고 받아들이는 것은, 바다가 강을 받아들이고 강이 개울을 받아들이듯이 당연한 일이다. 그런데 바울이 로마 교회에, 믿음이 연약한 자를 받되 비판하지 말라고 권면한 것을 보면, 믿음이 강한 자로 자처하면서 믿음이 약한 자들을 받아들이지 않는 경우가 있었던 모양이다. 그렇다면 그들은 믿음이 강한 자들이 아니었다고 말해야 한다. 개울이 강을 용납 못할 수는 있겠지만 강이 개울을 배척할 수는 없기 때문이다.

믿음의 강함과 약함이 음식에서 판가름난다는 사실이 구차스러워 보일 수 있겠으나, 사실은 사실이다. 믿음이 깊어질수록 지켜야 할 계율의 층이 얕아지기 때문일 것이다. 마침내 모든 계율의 껍질이 찢어져 더 이상 의미 없는 것으로 될 때, 비로소 믿음은 완성된다.

먹는 자는 먹지 않는 자를 업신여기지 말고 먹지 못하는 자는 먹는 자를 판단하지 말라 이는 하나님이 저를 받으셨음이니라 남의 하인을 판단하는 너는 누구뇨 그 섰는 것이나 넘어지는 것이 제 주인에게 있으매 저가 세움을 받으리니 이는 저를 세우시는 권능이 주께 있음이니라 14: 3~4

먹는 자가 안 먹는 자를 업신여기든 안 먹는 자가 먹는 자를 비난하든, 요컨대 둘 다 시방 건방진 짓을 하고 있는 것이다. '하나님을 믿는 사람' 이란 자신의 모두를 하나님께 바치고 무아(無我)로 살아가는, 아니면 적어도 그렇게 살고자 애쓰는 사람을 가리킨다. 믿는 사람이라면 다른 모든 믿는 사람을, 그의 믿음이 자기보다 강하든 약하든 간에 자기와 똑같이 '임자 있는 몸' 으로 여겨야 한다. 그가 자기하고 믿음의 정도가 다른 사람을 업신여기거나 비난할 수 없는 까닭이 여기에 있다.

혹은 이날을 저날보다 낫게 여기고 혹은 모든 날을 같게 여기나니 각각 자기 마음에 확정할지니라 날을 중히 여기는 자도 주를 위하여 중히 여기고 먹는 자도 주를 위하여 먹으니 이는 하나님께 감사함이요 먹지 않는 자도 주를 위하여 먹지 아니하며 하나님께 감사하느니라 14: 5~6

안식일이나 금식일을 다른 날보다 거룩하게 여길 수도 있고 그러지 않을 수도 있다. 모든 날을 다 같은 날로 여길 수도 있고 그러지 않을 수도 있다. 그것은 사람마다 어떻게 생각하느냐에 달려 있다. 내가 그렇게 보고 있으니 너도 그렇게 보아야 한다는 주장은 있을 수 없는 것이다. 그리스도인에게 옳고 그름을 가리는 일은, 그가 무엇을 어떻게 생각하느냐에 기준을 둘 것이 아니라 그가 과연 "주를 위하여" 그렇게 생각하고 실천하느냐에 기준을 두어야 한다. 물론 그것도 남이 바깥에서 판단하여 결정 지을 수 있는 내용은 아니다.

우리 중에 누구든지 자기를 위하여 사는 자가 없고 자기를 위하여 죽는 자도 없도다 우리가 살아도 주를 위하여 살고 죽어도 주를 위하여 죽나니 그러므로 사나 죽으나 우리가 주의 것이로라 이를 위하여 그리스도께서 죽었다가 다시 살으

셨으니 곧 죽은 자와 산 자의 주가 되려 하심이니라

14: 7~9

그리스도인이란 자신의 삶과 죽음을 그리스도께 내어준 사람이다. 내가 나의 논밭을 어느 교회에 기증했다면 그날부터 나에게는 논밭이 없다. 없어야 한다. 기증한 뒤에도 여전히 논밭의 소유권과 경작권을 주장한다면 그것은 기증한 게 아니라 우롱한 것이다. 그리스도인이란 자신을 그리스도께 바쳐 주장할 '나'가 없는 사람이다. '나' 없는 사람이 어떻게 '나' 없는 사람을 심판할 것인가? 그리스도인은 남을 심판할 수도 없고 남한테서 심판받을 수도 없는, 그런 사람이다.

네가 어찌하여 네 형제를 판단하느뇨 어찌하여 네 형제를 업신여기느뇨 우리가 다 하나님의 심판대 앞에 서리라 기록되었으되 주께서 가라사대 내가 살았노니 모든 무릎이 내게 꿇을 것이요 모든 혀가 하나님께 자백하리라 하였느니라 이러므로 우리 각인이 자기 일을 하나님께 직고하리라

14: 10~12

내가 내 눈의 건강을 진단할 수는 있지만 내 코가 내 눈을 진단할 수는 없는 일이다. 그리스도가 그리스도인을 판단할 수는 있지만 그리스도인이 형제(자매)인 그리스도인을 판단할 수는 없는 일이다.

이토록 자명한 원리를 모르고, 어째서 우리는 형제를 판단하여 업신여기고 비난하는 일로 아까운 세월을 보내는 것일까?

먹는 것으로 하나님 사업을 망치지 말라

믿음의 깊이가 자기와 다른 사람, 특히 자기만큼 깊지 못한 사람에 대하여 그를 비판하지 말 것을 권고한 뒤에 이어서 바울은 그에게 걸림돌이 될 만한 것을 제공하는 일이 없도록 주의하라고 말한다.

그런즉 우리가 다시는 서로 판단하지 말고 도리어 부딪힐 것이나 거칠 것으로 형제 앞에 두지 아니할 것을 주의하라 내가 주 예수 안에서 알고 확신하는 것은 무엇이든지 스스로 속된 것이 없으되 다만 속되게 여기는 그 사람에게는 속되니라 14 : 13~14

믿음은 '깊이' 또는 '높이'의 세계를 바라고 나아간다. 더 높이 오르거나 더 깊이 내려가지 않는 믿음은 살아 있는 믿음이 아니다. 마침내 더 오를 수 없는 자리, 더 내려갈 수 없는 자리에 이르면 거기서 하나님을 만나 합일(合一)을 이루는, 그것이 믿음이다.

그러기에 믿음에는 등고선(等高線)과 수심(水深)에 따른 차이가 있게 마련이다. 낮은 자가 높은 자를 판단하거나 얕은 자가 깊은 자를 판단하는 일은 사실상 불가능한 일이다.(1그램을 달 수 있는 저울로 5그램 무게를 재어볼 수 있겠는가?) 그러나 높은 자는 낮은 자를, 깊은 자는 얕은 자를 판단할 수 있다. 바울이 "믿음이 연약한 자를 너희가 받되 그의 의심하는 바를 비판하지 말라"(14:1)고 한 것은, 그렇게 할 수 있으니까 그러지 말라고 한 것이다.

아이들이 장난으로 던지는 돌에 개구리는 죽는다. 무엇이 어떤 사람에게 걸림돌이 된다면 그 까닭은 '무엇'에 있지 않고 '어떤 사람' 한테 있다. 좁은 교실에서 떠들어대는 아이들의 목소리가 누구에게는 귀 아픈 시끄러움이고 누구에게는 활기찬 생명의 합창이다. 같은 물건(사건)이 누구에게는 걸림돌이고 누구에게는 디딤돌이다.

주 예수 그리스도 안에 들어가서 보면(중심 또는 정상에서 보면), 세상에 그 자체로서 더러운(속된) 것은 없다. 돼지고기도 제삿밥도 더러운(속된) 것이 아니다. 그리스도 안에 들어가면 모든 것이 거룩하다. 그래서 따로 거룩한 것이 없다.

실제로는 더러운(속된) 것이 없지만 누가 무엇을 더럽다고 여기면 그에게는 그것이 더러운 것이다. 산이 낮으면 그만큼 시야에 들어오지 않는 것들이 많고 물이 얕으면 그만큼 속에 잠기지 않는 것들이 많은 법이다. 가려내고 구별해야 할 것들이 많은 만큼 믿음이 얕은(낮은) 사람이요, 가려내고 구별해야 할 것들이 적은 만큼 믿음이 깊은(높은) 사람이다. 자기한테 걸림이 되지 않는다 해서 그것을 자기보다 낮은 자리에 있는 사람 앞에 두는 것은 믿는 사람의 마땅한 태도가 아니다.

만일 식물을 인하여 네 형제가 근심하게 되면 이는 네가 사랑으로 행치 아니함이라 그리스도께서 대신하여 죽으신 형제를 네 식물로 망케 하지 말라 14: 15

어떤 어른이 자기가 소화할 수 있는 것이니까 괜찮겠지 싶어서 젖먹이에게 술을 먹인다면 말이 되겠는가? 사려 깊은 어른이 어린아이를 배려하듯이 믿음이 깊은 사람은 말 한 마디 손짓 하나를 함부로 하지 않는다. 오죽하면 겨울 냇물 건너듯 삼가 행실을 조심한다(豫若冬涉川 —『老子』, 15장)고 했겠는가? 제대로 된 믿음의 소유자라면 자기보다 약한 믿음의 소유자가 걸려 넘어질 만한 짓을 할 수도 없고 할 리도 없다.

그러므로 너희의 선한 것이 비방을 받지 않게 하라 하나님의 나라는 먹는 것과 마시는 것이 아니요 오직 성령 안에서 의와 평강과 희락이라 이로써 그리스도를 섬기는 자는 하나님께 기뻐하심을 받으며 사람에게도 칭찬을 받느니라

14: 16~18

"너희의 선한 것"이란 그리스도 안에서 얻게 된 자유를 뜻한다. 믿음이 클수록 그만큼 자유롭다. 거리낄 것이 없다. 옳은 말이다. 그러나 그 자유를 함부로(자기와 같지 못한 사람들을 배려하

지 않고) 행사하면, 그것은 참된 자유의 행사가 아니다. 비방받아 마땅하다. 믿음의 차원이 깊어지는(높아지는) 만큼 음식에 대한 금기도 줄어들기는 하겠지만, 그러나 음식에 자유로움이 곧 믿음의 깊이는 아니다. 하나님 나라는 먹을 수 있는 음식에 있지 않고 성령 안에서 의롭고 평화롭고 기쁘게 살아가는 데 있기 때문이다.

이러므로 우리가 화평의 일과 서로 덕을 세우는 일을 힘쓰나니 식물(食物)을 인하여 하나님의 사업을 무너지게 말라 만물이 다 정(淨)하되 거리낌으로 먹는 사람에게는 악하니라 고기도 먹지 아니하고 포도주도 마시지 아니하고 무엇이든지 네 형제로 거리끼게 하는 일을 아니함이 아름다우니라

14 : 19 ~ 21

먹는 것 문제로 믿는 사람 하나를 실족시키면 그것이 바로 "식물을 인하여 하나님의 사업을 무너지게" 하는 것이다. 고기도 깨끗하고 술도 깨끗하다. 그러나 그것을 더럽게 여기는 자에게는 더러운 물건이다. 함부로 그것들을 먹고 마심으로써 아직 그것에 자유롭지 못한 형제를 실족시킨다면 그것은 하나님의 사업을 무너뜨리는 잘못을 범하고 있는 것이다.

형제를 위해 고기도 먹지 말고 술도 마시지 말라는 말은 그들을 위해 먹을 수 있는 것이지만 먹지 말라는 얘기다. 그들이 없는 데서 몰래 먹고 마시라는 뜻은 아닐 것이다. 참 신앙인은 빛 가운

데 걸어가므로 남의 이목을 피하여 몰래 할 일이 선행말고는 없는 사람이다.

네게 있는 믿음을 하나님 앞에서 스스로 가지고 있으라 자기의 옳다 하는 바로 자기를 책하지 아니하는 자는 복이 있도다 14: 22

믿음은 오직 하나님을 위한 것이요 자신을 위한 것이다. 남에게 보여주거나 남을 판단하기 위한 것이 아니다. 자유를 얻었으면 스스로 자유로울 따름이다. 그것으로 다른 사람을 간섭하거나 심판할 근거는 없다. 믿음이 강한 사람이 자기는 음식을 꺼려할 이유가 없지만 믿음이 약한 형제를 위해 음식을 먹지 않는다면 그것은 자유를 포기한 것이 아니라 사랑을 실천한 것이요 나아가 자신의 자유를 유보할 자유를 행사한 것이다.

자기가 옳다고 여기는 것으로 자기를 책하지 않는 사람은 그것으로 남도 책하지 않는다. 자기 믿음의 분량대로 하나님 앞에서 살아가면 그뿐이다. 그것으로 자기든 남이든 책하는 일은 바람직한 일이 아니다.

의심하고 먹는 자는 정죄되었나니 이는 믿음으로 좇아 하지 아니한 연고라 믿음으로 좇아 하지 아니하는 모든 것이 죄니라 14: 23

자기 믿음의 분량만큼 처신할 따름이다. 신앙 생활의 중요한 요소 가운데 하나가 정직성이다. 초등학생은 초등학생답게, 대학생은 대학생답게!

개울은 졸졸 흐르고 강물은 유유히 흐른다. 저 큰 침묵의 바다에 이르기까지.

너희도 서로 받으라

그리스도인이 서로 사랑하며 조화를 이루어 살아야 하는 이유는 그리스도가 한 분이요 그리스도인은 그 한 몸의 여러 지체들이기 때문이다. 한쪽 다리가 아프면 다른 쪽 다리가 아픈 다리의 몫을 떠맡는 데 아무 불평도 우쭐거림도 없다. 절로 그리 되기 때문에 자기가 그러고 있는 줄도 모른다. 이것이 이상적인 교회의 모습이다.

우리 강한 자가 마땅히 연약한 자의 약점을 담당하고 자기를 기쁘게 하지 아니할 것이라 우리 각 사람이 이웃을 기쁘게 하되 선을 이루고 덕을 세우도록 할지니라 15: 1~2

영적 깨달음이란 '개체인 나'(ego)가 '전체인 나'(Self)로 돌아가는 것, 또는 돌아가서 하나로 되는 것을 뜻한다. 그렇다고 해서 '개체인 나'를 무시하거나 없애버려야 한다는 말은 아니다. 수많은 가지들이 저마다 다른 모양으로 뻗어 있으면서 한 그루 나무로 살아가듯이, '개체인 나'면서 '전체인 나'로 살아가는, 그것이 깨달은 이의 삶이다.

예수, 그 한 몸에서 우리는 다윗의 후손으로 태어난 나사렛 사람 예수와 아브라함보다 먼저 있었던 예수의 조화롭게 합일된 모습을 본다.

이 깨달음에 도달하지 못한 사람들은 강한 자와 약한 자가 따로 있다는 착각(무엇이 '따로' 있다는 말은 하나님 나라에서는 통하지 않는 말이다)에서 벗어나지 못한 사람들이다. 그래서 바울은 그들의 눈높이에 맞추어, 믿음이 강한 사람은 약한 사람의 약점을 담당하라고 말한다. 등산할 때 힘센 젊은이가 어린이와 노인의 짐을 자기 배낭에 넣고 가듯이.

저마다 이웃을 기쁘게 하려고 애쓴다면 선(善)과 덕(德)은 따로 힘들이지 않아도 절로 이루어질 것이다. 저 사람이 이렇게 해주면 내가 기쁘겠는데 하고 생각하기 전에 내가 어떻게 하면 저 사람이 기뻐할까를 먼저 생각하라는 얘기다.

그리스도께서 자기를 기쁘게 하지 아니하셨나니 기록된 바 주를 비방하는 자들의 비방이 내게 미쳤나이다 함과 같으니라 무엇이든지 전에 기록한 바는 우리의 교훈을 위하여 기록된 것이니 우리로 하여금 인내로 또는 성경의 안위로 소망을 가지게 함이니라 15 : 3~4

그리스도께서 자기를 기쁘게 아니하셨다는 말은, 죽음(쓴 잔)을 피하고 싶은 당신의 마음을 비우고 십자가를 짐으로써 하나님 아버지를 기쁘게 해드린 것을 가리킨다.

"물질계(物質界)에 더 많이 깨어 있는 자는 영계(靈界)에 더 많이 잠들어 있는 자다. 우리 영혼이 하나님을 향해 잠들어 있을 때 세속을 향한 깨어 있음이 성총(聖寵)의 문을 닫아버린다." (Rumi)

그리스도는 강자인 자기를 기쁘게 하는 대신 약자인 죄인들을 기쁘게 하려고 십자가를 지셨다. 그리스도인은 유일한 사표이신 그리스도를 본받아 자기보다 약한 자의 짐을 져주어야 한다. 그것이 자신의 영적 진보를 돕는 길이다.

이제 인내와 안위의 하나님이 너희로 그리스도 예수를 본받아 서로 뜻이 같게 하여 주사 한 마음과 한 입으로 하나님 곧 우리 주 예수 그리스도의 아버지께 영광을 돌리게 하려 하노라 15: 5~6

하나님께서 우리에게 바라시는 것은, 당신을 찬미하는 노래로 영광을 돌리는 것이 아니라 그것을 "한 마음과 한 입으로" 하는 것이다. 아무리 큰 목소리로 하나님을 노래한다 해도 노래하는 자들의 마음과 입이 따로따로라면 그것은 목소리가 클수록 그만큼 더 시끄러운 잡음일 뿐이다.

마음과 입이 하나로 되려면 속생각이 같아야 한다. 그리스도인의 속생각이 같아지려면 길은 하나밖에 없다. 한 분이신 그리스도를 본받는 것이다.

그리스도인이 그리스도를 본받는 것은 당연한 일이지만, 사실은 그것도 그리스도인이 스스로 그렇게 할 수 있는 것은 아니다. "인내와 안위의 하나님이" 그리스도인들로 하여금 "그리스도 예수를 본받아 서로 뜻이 같게" 해주시는 것이다. 그리스도인이 할 수 있고 해야 하는 일은 하나님께서 그리 하실 수 있도록 자기를 온전히 내어바치는 것이다. 자기 의지로 당신을 배척하는 자를 하나님께서는 그렇게 하도록 내버려두시기 때문이다.

이러므로 그리스도께서 우리를 받아 하나님께 영광을 돌리심과 같이 너희도 서로 받으라 15: 7

받아들이는 일은 큰 쪽에서 작은 쪽에 대고 할 수 있는 것이다. 작은 그릇은 큰 그릇을 받아들이지 못한다. 그리스도께서 우리 모두를 받아들이신 것은 우리보다 크신 분이기 때문이다.

그렇다면 이 구절에서 "서로 받으라"는 말은 어떻게 읽을 것인가? 강한(큰) 자가 약한(작은) 자를 받아들이라는 말은 쉽게 이해되거니와 약한(작은) 자도 강한(큰) 자를 받아들여야 '서로' 받아들이는 것이 아닌가? 작은 자가 큰 자를 어떻게 받아들인단 말인가?

큰 자가 아무리 용납을 해도 작은 자가 그것을 용납하지 않으면 큰 자의 용납은 이루어지지 않는다. 작은 자가 큰 자를 용납한다는 말은 큰 자의 용납을 작은 자가 받아들인다는 뜻이다. "구원이란 하나님의 용납을 용납하는 것이다."(P. Tillich) 강자가 약자를 기꺼이 받아주고 약자가 강자에게 기꺼이 안기면 서로 '안에'

있게 된다. "아버지께서 내 안에, 내가 아버지 안에 있는 것같이 ……"(「요」 17 : 21)

내가 말하노니 그리스도께서 하나님의 진실하심을 위하여 할례의 수종자가 되셨으니 이는 조상들에게 주신 약속들을 견고케 하시고 이방인으로 그 긍휼하심을 인하여 하나님께 영광을 돌리게 하려 하심이라 기록된 바 이러므로 내가 열방 중에서 주께 감사하고 주의 이름을 찬송하리로다 함과 같으니라 15 : 8~9

"할례의 수종자가 되셨다"는 말은 유대인의 종이 되셨다는 뜻이다. 그리스도께서 유대인을 섬기는 자로 오신 것은 오직 하나님이 진실하신 분임을 입증하기 위해서였다. 하나님께서는 일찍이 이스라엘 선조들에게 메시아를 보내 구원하실 것과 이방인들도 구원하실 것을 약속하셨고 그리스도는 그 약속의 실현인 것이다.

또 가로되 열방들아 주의 백성과 함께 즐거워하라 하였으며 또 모든 열방들아 주를 찬양하며 모든 백성들아 저를 찬송하라 하였으며 또 이사야가 가로되 이새의 뿌리 곧 열방을 다스리기 위하여 일어나시는 이가 있으리니 열방이 그에게 소망을 두리라 하였느니라 소망의 하나님이 모든 기쁨과 평강을 믿음 안에서 너희에게 충만케 하사 성령의 능력으로 소망

이 넘치게 하시기를 원하노라 15: 10~13

기쁨과 평강은 하나님이 우리에게 내리시는 것이다. 그러나 그것을 받아들이는 우리의 '믿음' 이 없으면 하나님의 기쁨과 평강이 내려와 머물 데가 없다. 소망은 우리가 품는 것이다. 그러나 성령의 힘이 아니면 우리의 소망이 가서 닿을 데가 없다.

다시 생각나게 하려고

자, 이제 긴 편지를 마감할 때가 되었다. 바울은 자기가 어떤 목적과 동기로 이 편지를 쓰고 있는지 그것을 밝히면서 혹시 있을 수도 있는 오해를 미리 막고자 한다. 그는 자기가 이 편지를 쓰게 된 것이 자의(自意)보다 주님의 은총이요 명(命)이라고 말한다. 바울은 한순간도 자신의 '나'(ego)를 내세우면 안 되는, 예수 그리스도의 종 신분임을 잊지 않고 살아간 분이다. 그것이 바로 깨달은 사람, 깨어 있는 사람의 모습이다.

내 형제들아 너희가 스스로 선함이 가득하고 모든 지식이 차서 능히 서로 권하는 자임을 나도 확신하노라 그러나 내가 너희로 다시 생각나게 하려고 하나님께서 내게 주신 은혜를 인하여 더욱 담대히 대강 너희에게 썼노니 이 은혜는 곧 나로 이방인을 위하여 그리스도 예수의 일꾼이 되어 하나님의 복음의 제사장 직무를 하게 하사 이방인을 제물로 드리는 그것이 성령 안에서 거룩하게 되어 받으심직하게 하려 하심이라
15: 14~16

우선 바울은 자기가 편지에 쓴 내용이 로마 교회 신도들에게 '듣도 보도 못한' 새로운 것들이 아니라는 점을 밝힌다. 그가 편지를 쓴 목적은 "너희로 다시 생각나게 하려는" 것이었다. 본디 알고 있던 것을 다시 알게 되는 것이 이른바 종교적 각성(覺醒, 깨달음)이다. 하나님의 자녀가 아니었던 자들이 무슨 공로로 말미암아 하나님의 자녀로 격상되는 것이 아니라 본디 하나님의 자녀인 자들이 그 자리를 떠났다가 다시 하나님 자녀로 돌아가는 것이다.(집을 떠난 둘째아들은 집을 떠나기 전에도, 떠난 뒤에도, 다시 집으로 돌아온 뒤에도, 변함 없는 아버지의 아들이었다.)

종교(宗敎, 으뜸 가르침)란, 사람들에게 그들이 모르는 것을 가르치는 게 아니라 그들이 이미 알고 있는 것을 생각나게 해주는 것이다. 그런데도 바울은 이 편지를 쓰는 데 용기가 필요했다. 물론 그 용기는 하나님께서 그에게 내리신 것이었다. 주님의 일을 하는 사람은 담(膽)이 크다. 담이 크다는 말은 겁이 없다는 뜻이다.

겁은 오감(五感)의 작용으로 생기는 것이다. 무서운 독사가 등 뒤에 다가와도 그것을 눈으로 보기 전까지는 겁내지 않는다. 그러다가 뱀을 보는 순간 겁이 덜컥 난다. 주님의 참된 일꾼은 무엇을 보든 그 보이는 것을 꿰뚫어, 또는 그것을 말미암아 주님을 본다. 풍랑 속으로 걸어오시는 주님을 보고 유령인 줄 알았을 때는 겁이 났다가 그분이 주님이신 줄 알자 겁이 사라졌다. 무엇을 보든, 어디를 가든, 눈앞에 오직 주님만 계시는데 무엇이 겁날 것인가? 그래서 주님의 일을 하는 사람은 애쓰지 않아도 저절로 담이 큰 것이다.

하나님께서는 바울에게 용기와 아울러 은총을 내리셨다. 그를 이방인의 사도로 삼으신 것이다. 바울 스스로 이방인의 사도가 된 것이 아니라 하나님께서 그를 이방인의 사도로 삼으셨다. 그가 이방인을 위해서(사실은 하나님을 위해서) 한 일은, 이방인을 하나님께서 받으실 거룩한 산 제물로 드리는 제사장 역할이었다.

그러므로 내가 그리스도 예수 안에서 하나님의 일에 대하여 자랑하는 것이 있거니와 그리스도께서 이방인들을 순종케 하기 위하여 나로 말미암아 말과 일이며 표적과 기사의 능력이며 성령의 능력으로 역사하신 것 외에는 내가 감히 말하지 아니하노라 15：17～18

주님의 일을 하는 자로서 세상에 자랑할 것이 많음은 마땅한 일이다. 조금도 이상스러울 게 없다. 그러나 자랑할 게 많은 것과 실제로 자랑을 하는 것은 별개 문제다. 바울은 자랑할 게 많지만, 그리스도께서 이방인을 구원하시려고 자기를 통해 기적을 일으키는 능력과 성령의 능력으로 일하신 것만을 감히 자랑하노라고 말한다. 자기가 표적과 기적을 일으켰노라고 말하지 않고 그리스도께서 "나로 말미암아…… 역사하신" 것이라고 말한다. "주님, 저희가 주님의 이름으로 마귀들까지도 복종시켰습니다"(「눅」 10：17, 공동번역) 하고 말하면서 기뻐하던 70 제자들의 태도와 좋은 대조를 이룬다. 무심코 하는 말 속에 진심이 담겨 있는 법이다.

참된 주의 종은 입에서, "저는 아무 한 일이 없습니다. 모두가 주님께서 하신 일입니다. 저에게는 아무 공(功)이 없습니다"라는 고백이 떠나지 않는 사람이다. 어디서 감히 자신의 공로를 내세워 스스로 우쭐거린단 말인가? 바울은 베드로와 마찬가지로, 평생 공로패 한 장 받아보지 못한 사람이었다.

이 일로 인하여 내가 예루살렘으로부터 두루 행하여 일루리곤까지 그리스도의 복음을 편만하게 전하였노라 15: 19

바울이 복음 전도를 예루살렘에서 시작하여 일루리곤에서 마쳤다는 뜻으로 읽으면 이치에 맞지 않다. 그가 예루살렘에 간 것은 안디옥에서 전도를 시작한 뒤의 일이었다. 복음이 예루살렘에서 사람들 귀에 맨 먼저 들려진 것을 염두에 두고 읽으면 무리가 없다. 일루리곤은 마게도냐 북부 지방으로 로마 영토의 변방이라고 할 수 있다. 요컨대 예루살렘에서 발원(發源)된 복음의 물줄기를 타고 발길 닿는 곳이면 어디든지 갔다는 뜻이겠다.

또 내가 그리스도의 이름을 부르는 곳에는 복음을 전하지 않기로 힘썼노니 이는 남의 터 위에 건축하지 아니하려 함이라 기록된 바 주의 소식을 받지 못한 자들이 볼 것이요 듣지 못한 자들이 깨달으리라 함과 같으니라 15: 20~21

복음을 전하는데, 다른 전도자에 의하여 복음이 전해진 곳은 피하는 것을 원칙으로 삼고 바울은 힘써 그 원칙을 지켰다. 그런데 지금 이미 교회가 세워져 있는 로마에 왜 가려는 것인가? 그는 로마에 복음을 전하러 가겠다고 말하지 않는다. 그곳을 거쳐, 그곳 교회의 지원을 받아, 서바나(스페인)로 가는 것이 그의 계획이었다. 그 무렵 서바나는 대중에게 땅끝으로 알려진 곳이었다.

그러므로 또한 내가 너희에게 가려 하던 것이 여러 번 막혔더니 이제는 이 지방에 일할 곳이 없고 또 여러 해 전부터 언제든지 서바나로 갈 때에 너희에게 가려는 원이 있었으니 이는 지나가는 길에 너희를 보고 먼저 너희와 교제하여 약간 만족을 받은 후에 너희의 그리로 보내줌을 바람이라

15: 22~24

바울은 여러 번 로마행을 시도했지만 그때마다 길이 막혔다. 데살로니가 교회에 보낸 편지에서 "사탄이 우리를 막았다"고 했는데 구체적으로 무엇을 말하는지 알 수 없다.

바울이 로마에 가려고 한 동기는, 제국의 동부에서 전도 사업을 마무리한 그가 제국의 동 · 서를 연결 짓는 중심지 로마를 발판삼아 서부에서 전도 사업을 계속하려던 것으로 보인다. 그의 꿈이 참으로 원대했음을 엿보게 된다. 그러나 꿈은 사람이 꾸지만 그것을 이루는 분은 하나님이시다.

지금 바울은 3차 전도 여행 막바지에 드로아와 마게도냐를 거쳐 고린도에 3개월간 머물면서 이 편지를 쓰고 있다. 그때가 55, 56년쯤 되니 바울이 로마에 발을 디딘 것은 4, 5년 뒤의 일이다.

저희가 기뻐서 하였거니와

지금 바울은 마게도냐와 아가야 사람들이 예루살렘의 가난한 그리스도인들을 위해 기꺼이 연보(捐補)를 했는데 그것을 전해 주러 예루살렘으로 가는 길이다. 여유 있는 이들이 모자라는 이들에게 가진 것을 나눠주는 모습은 자연스런 일이고 그래서 아름답다. 하늘의 도〔天之道〕는 남는 것을 덜어 모자라는 것을 채우고(損有餘而補不足) 사람의 도〔人之道〕는 모자라는 것을 덜어 남는 것에 보탠다(損不足以奉有餘)고 했다.(『老子』, 77장) 가난한 백성의 재물로 왕족의 기름진 배를 채우는 것이 폭군의 길이라면, 부자의 창고를 열어 가난한 이들을 먹이는 것(「눅」 18: 22)이 예수의 길이다. 폭군의 길은 자연의 도를 어기는 길이기에 오래 못 가고, 예수의 길은 자연의 도를 따르는 길이기에 계속된다.

'성도' (聖徒, hagioi)라는 말은 하나님께서 따로 성별한 사람들, 그래서 하나님께 속해진 사람들을 가리킨다. 스스로 거룩해서 거룩한 무리가 아니라 거룩하신 하나님께서 당신 것으로 삼으셨기 때문에 거룩해진 무리다. 이 단어를 제가 저에게 스스로 쓰는 데는 어폐가 있다.

그러나 이제는 내가 성도를 섬기는 일로 예루살렘에 가노니 이는 마게도냐와 아가야 사람들이 예루살렘 성도 중 가난한 자들을 위하여 기쁘게 얼마를 동정하였음이라 저희가 기뻐서 하였거니와 또한 저희는 그들에게 빚진 자니 만일 이방인들이 그들의 신령한 것을 나눠가졌으면 육신의 것으로 그들을 섬기는 것이 마땅하니라 15: 25～27

예루살렘의 유대인들이 신령한 것(복음)을 나눠주었으니 이방인들이 육신의 것(돈)으로 그들을 섬기는 일은 마땅한 일이라는 얘기다. 신령한 것도 육신의 것도 모두 하나님한테서 나온 것이다. 유대인도 이방인도 하나님 것이다. 주는 자도 받는 자도 전하는 자도 전해지는 물건도 모두가 하나님의 것이다. 따라서 이 일에 '사람'이 주인 노릇을 할 틈새가 없다.

마땅히 해야 할 일을(억지로가 아니라) 기쁘게 하는 사람은 그로써 이미 행복한 사람이다. 무엇을 더 바랄 것인가?

그러므로 내가 이 일을 마치고 이 열매를 저희에게 확증한 후에 너희에게를 지나 서바나로 가리라 내가 너희에게 나갈 때에 그리스도의 충만한 축복을 가지고 갈 줄을 아노라

15: 28～29

"내가 이 일을 마치고"라는 말은 모금을 마친다는 뜻이다. '열매'는 모금된 돈이고 "저희에게 확증한 후에"는 "저희에게 확실

히 전달한 후에"로 읽는다.

바울은 이 일을 주선하면서 초대 교회의 문제들 가운데 하나인 '유대계 그리스도인'과 '이방계 그리스도인' 사이의 불화(不和)를 해소코자 했던 것인지 모르겠다. "예루살렘에 대한 나의 섬기는 일을 성도들이 받음직하게"(15: 31) 하기 위하여 기도해 주기를 로마의 그리스도인들에게 부탁한 것으로 보아, 바울은 유대의 그리스도인들이 이방인 그리스도인들의 돈을 받지 않을까 신경을 쓰고 있었던 듯하다.

바울은 자신의 행선지가 로마가 아니라 서바나(스페인)임을 다시 한 번 확인한다. 로마 교회에 쓸데없는 부담감을 느끼지 않게 하려는 배려였을까? 아울러 바울은 자기가 로마에 갈 때 맨손으로 가지 않고 그리스도의 충만한 축복을 가지고 가게 될 줄로 믿는다고 말한다. 그리스도의 축복을 가지고 가겠다고 약속하지 않고 그렇게 될 줄로 믿는다고 말한 이유는 종이 주인 행세를 할 수 없기 때문이다. 무의식 속에서조차 자기가 주인이 아니라 종이라는 사실을 분명히 알고 있는 사람만이 이렇게 말할 수 있다.

형제들아 내가 우리 주 예수 그리스도로 말미암고 성령의 사랑으로 말미암아 너희를 권하노니 너희 기도에 나와 힘을 같이하여 나를 위하여 하나님께 빌어 15: 30

『번역자의 신약성서』는 15장 30절을 이렇게 옮겼다.

"형제 여러분, 우리 주 예수 그리스도에 의하여(by our Lord

Jesus Christ), 성령의 선물인 사랑에 의하여(by the love), 나의 몸부림(struggle)에 동참하고 나를 위해 하나님께 기도 드려 주기를 간청합니다." 사도가 신도에게 기도와 협력을 간청한다. 그것도 자의로가 아니라 주 예수 그리스도와 사랑으로 말미암아서! 아름답고 듬직한 모습이다.

나로 유대에 순종치 아니하는 자들에게서 구원을 받게 하고 또 예루살렘에 대한 나의 섬기는 일을 성도들이 받음직하게 하고 나로 하나님의 뜻을 좇아 기쁨으로 너희에게 나아가 너희와 함께 편히 쉬게 하라 15 : 31~32

같은 구절을 공동번역으로 읽어본다. "내가 유다에 있는 믿지 않는 사람들에게서 화를 입지 않고 예루살렘으로 가져가는 구제금이 그곳 성도들에게 기쁜 선물이 되도록 기도하여 주십시오. 그리하면 내가 하느님의 뜻을 따라 기쁜 마음으로 여러분을 찾아가 함께 즐거운 휴식을 가지게 될 것입니다."

"유대에 순종치 아니하는 자들"은 유대에 있는 비신자들을 가리킨다. 바울뿐 아니라 복음을 전하는 이들 모두가 음으로 양으로 불신자들의 박해를 받았다. 물론 박해자들이 유대에만 있었던 것은 아니나, 굳이 "유대에 (있는)"라고 말한 것은 자기가 지금 유대로 가는 중이기 때문이겠다.

바울이 부탁한 또 다른 한 가지는, 유대에 있는 성도들이 구제금을 잘 받을 수 있도록 기도해 달라는 것이었다.

"이방계 그리스도인들과 예루살렘의 그리스도인들 사이의 일치가 완전히 입증되기 위해서는 예루살렘의 가난한 성도들이 헌금을 받아들여야 한다.(15: 30~31) 바울은 그들이 헌금을 받아들이지 않을까 걱정했다. 그의 걱정은 그와 예루살렘 교회의 관계가 확고부동하지 않다는 것을 전제한다. 바울이 그 이유를 명시하지 않기 때문에 다음과 같이 추리할 수밖에 없다. 예루살렘 교회 안에, 헌금으로 입증될 두 집단의 그리스도인들 사이의 일치를 방해하는 적대 세력이 헌금을 거절하도록 부추길 위험이 있었던 것 같다. 이 세력은 이를테면 예루살렘 공의회에서 바울의 사도직을 반대했던 거짓 형제들(「갈」 2: 4)과 비슷한 자들이었을 것이다. 바울은 예루살렘의 성도들이 헌금을 받아들이도록 유대계 그리스도인들과 이방계 그리스도인들로 구성된 로마 교회에 기도를 부탁했다.…… 「사도행전」 24장 17절을 보면 성도들이 헌금을 받아들인 것 같다."(박영식)

선물이란 주는 쪽에서 일방으로 줄 수 있는 것이 아니다. 받는 쪽에서 받지 않으면 줄 수 없는 게 선물이다. 하나님께서 받을 자들의 마음을 움직여 기꺼이 받아들일 수 있도록 해주시기를 기도하는 것은 마땅한 일이다. 동정을 베푸는 것은 받거나 말거나 던져주는 것이 아니다. 던져주는 것은 동정이 아니라 경멸이다.

평강의 하나님께서 너희 모든 사람과 함께 계실지어다 아멘

15: 33

주 안에서 문안하라

16장이 과연 처음부터 바울의 「로마서」에 속한 것이었는지, 아니면 돌려 읽기를 염두에 두고 쓴 (회람용) 편지를 에베소 교회에 보내면서 그곳 신자들에게 문안과 권고(16 : 17~20)를 첨부한 것이었는지 명확하게 알 수는 없지만, 학자들 사이에 의견이 좀 다른 줄로 알고 있다. 그러나 그것이 결정적으로 중요한 문제는 못 된다. 로마에 있든, 에베소에 있든, 모두가 주 안에서 한 몸 된 형제요 자매들 아닌가? 실제로 이 편지를 오늘 우리(나)에게 주신 것으로 읽지 않는다면 「로마서」의 진수를 읽는다고 말할 수 없는 일이다.

누가 기록했느냐도 중요하긴 하지만 무엇이 기록되어 있느냐보다는 '덜' 중요하다는 사실을 유념할 필요가 있다. 덜 중요한 것에 매달리느라고 더 중요한 것을 놓친다면 그런 어리석음이 어디 있으랴?

내가 겐그레아 교회의 일꾼으로 있는 우리 자매 뵈뵈를 너희에게 천거하노니 너희가 주 안에서 성도들의 합당한 예절로 그를 영접하고 무엇이든지 그에게 소용되는 바를 도와줄지

니 이는 그가 여러 사람과 나의 보호자가 되었음이니라

16: 1~2

겐그레아는 고린도에 있는 항구들 가운데 하나였다. 거기서 바울은 브리스가 부부와 함께 있으면서 서원의 표시로 머리를 깎은 일이 있었다.(「행」 18: 18) 어쩌면 그때에 뵈뵈라는 여집사가 바울을 도왔는지 모르겠다. 지금 바울은 그 뵈뵈를 로마 교회에 집사로 천거하고 있는 것이다.

뵈뵈가 로마 교회로부터 합당한 예절로 영접을 받고 무엇이든지 소용되는 바를 도움받을 자격이 있음은 그가 일찍이 바울을 포함하여 여러 사람을 돌봐주었기 때문이다. 사람이 무엇을 심든지 그대로 거둔다는 것은 세상이 열두 번 깨어져도 흔들리지 않을 하나님의 법칙이다.

너희가 그리스도 예수 안에서 나의 동역자들인 브리스가와 아굴라에게 문안하라 저희는 내 목숨을 위하여 자기의 목이라도 내어놓았나니 나뿐 아니라 이방인의 모든 교회도 저희에게 감사하느니라

16: 3~4

아굴라와 그의 아내 브리스가는 바울이 고린도에서 전도할 때 함께 천막을 수리하면서 복음을 전한 사람들이었다. 그들은 바울과 함께 에베소로 가서 은장이 소동(「행」 19장)을 겪으며, 아마도 그때 바울의 생명을 구하는 일에 목숨을 걸었던 것인지

모르겠다.

바울은 디모데한테 보낸 편지에서도 아굴라 부부에게 문안을 한다.

이방인의 모든 교회가 그들에게 감사하고 있음은 그가 유대계 그리스도인이었음을 상기할 때 각별한 뜻이 있다.

또 저의 교회에게도 문안하라 나의 사랑하는 에배네도에게 문안하라 저는 아시아에서 그리스도께 처음 익은 열매니라

16: 5

'저의 교회'는 아굴라와 브리스가의 가정 교회를 가리킨다. 아굴라가 에베소에 있을 때 그의 집에서 교회가 모였다.(「고전」16: 19) 이를 근거로, 「로마서」16장이 에베소로 보내진 편지 사본에 첨부된 것이라는 주장이 가능해진다.(그러나 그들이 로마에 가서 거기서 다시 가정 교회를 세웠다고 볼 수도 있는 일이다.)

에배네도가 누군지는 밝혀지지 않았다. "아시아에서 그리스도께 처음 익은 열매"란 말은 아시아에서 얻은 첫 개종자라는 뜻이다. 그쯤 되면 초대 교회에서 비중 있게(?) 다루어질 만한 인물인데, 세상이 겨우 그 이름 석자를 알 따름이라는 사실은 오늘 우리에게(이토록 자기 이름과 업적을 선전하는 데 열심인 우리에게) 무엇을 시사해 주고 있는가?

너희를 위하여 많이 수고한 마리아에게 문안하라 내 친척이

요 나와 함께 갇혔던 안드로니고와 유니아에게 문안하라 저희는 사도에게 유명히 여김을 받고 또한 나보다 먼저 그리스도 안에 있는 자라 16: 6~7

마리아도, 안드로니고와 유니아도 알려진 바가 없는 사람들이다. 마리아가 로마 교회를 위해 수고가 많았다는 사실과, 안드로니고와 유니아가 바울의 친척으로서(적어도 동향인으로서) 그와 함께 투옥된 적이 있었다는 사실말고는.

"사도에게 유명히 여김을 받았다"는 말은 사도들 사이에 평판이 좋았다(공동번역)는 말인데, 그들 또한 사도들이었다는 뜻으로 읽는 것이 자연스럽다.(『제롬성서주석』) 여기서 말하는 사도는 예수의 열두 제자뿐 아니라 넓은 뜻에서 주님의 파견을 받은 전도자를 가리킨다고 보아야겠다.

또 주 안에서 내 사랑하는 암블리아에게 문안하라 그리스도 안에서 우리의 동역자인 우르바노와 나의 사랑하는 스다구에게 문안하라 그리스도 안에서 인정함을 받은 아벨레에게 문안하라 아리스도불로의 권속에게 문안하라 내 친척 헤로디온에게 문안하라 나깃수의 권속 중 주 안에 있는 자들에게 문안하라 주 안에서 수고한 드루배나와 드루보사에게 문안하라 주 안에서 많이 수고하고 사랑하는 버시에게 문안하라 주 안에서 택하심을 입은 루포와 그 어머니에게 문안하라 그 어머니는 곧 내 어머니니라 아순그리도와 블레곤과 허메와

바드로바와 허마와 저희와 함께 있는 형제들에게 문안하라 빌롤로고와 율리아와 또 네레오와 그 자매와 올름바와 저희와 함께 있는 모든 성도에게 문안하라 너희가 거룩하게 입맞춤으로 서로 문안하라 그리스도의 모든 교회가 다 너희에게 문안하느니라 16: 8~16

거명된 숫자만 해도 스무 명이나 되는데 모두가 무명 인사들이다. 다만, 당시 로마제국 여기저기에서 발견된 노예들 이름을 그 속에서 찾아볼 수 있고, 루포(13절)가 구레네 시몬의 아들(「막」 15: 21)이 아닌지, 나깃수(11절)가 글라우디오 황제 가문에서 자유인으로 해방된 유명한 노예 나깃수와 같은 사람이 아닌지 짐작해 볼 수 있을 따름이다.

이어지는 문안 인사들 속에 "주 안에서"라는 말이 후렴처럼 자주 되풀이된다. 이는 바울이 평소에 자기가 맺고 있는 모든 인간관계가 오직 주(그리스도) 안에서 이루어져야 하고 또 그럴 수밖에 없다는 생각을 얼마나 간절히 하고 있는지를 보여주고 있다. '모든 것을 주(그리스도) 안에서' 라는 생각이 그의 잠재 의식에 깊숙이 자리잡고 있다. 그리스도인이라면 그 생각의 끝이 마땅히 여기에 미쳐야 할 것이다.

'모든 것을 주 안에서' 라는 생각은 아무리 하찮아 보이는 일이라도 자기 맘대로 하지 않겠다는 다짐과 연결된다. 그리스도인이란 그리스도에 흡수 통일된 존재이므로 더 이상 '내 뜻, 내 생각'이 없는(사실은 있지만 그것을 순간마다 주 앞에서 비우는) 그런 사람이다. 그가 누구를 만났다면 주께서 만나게 하셨기 때문이요, 누구와 헤어졌다면 주께서 헤어지게 하셨기 때문이다. 그러므로 그에게는 공(功)도 없고 스스로 떠맡을 책임도 없는 것이다.

바울이 거룩한 입맞춤으로 문안하면 그리스도의 모든 교회가 함께 문안한 것이다. 교회는 그리스도의 몸이요 그리스도는 세상에 한 분뿐이시기 때문이다.

오직 하나님께 영광을!

편지를 받을 이들에게 골고루 문안한 바울은 자기와 함께 문안하는 이들의 이름을 열거하기에 앞서 교회를 어지럽히는 자들에 대한 경계를 권하고 있다. 어떻게 해서든지 교회의 건강과 순결을 지키려는 사도의 노파심이 엿보인다.

형제들아 내가 너희를 권하노니 너희 교훈을 거스려 분쟁을 일으키고 거치게 하는 자들을 살피고 저희에게서 떠나라

16：17

"너희 교훈을"은 '너희가 들은(배운) 가르침'이란 말이다. 바울은 자기가 전한 복음에 대한 확신과 자부심이 대단했다. "다른 복음은 없나니 다만 어떤 사람들이 너희를 요란케 하여 그리스도의 복음을 변하려 함이라 그러나 우리나 혹 하늘로부터 온 천사라도 우리가 너희에게 전한 복음 외에 다른 복음을 전하면 저주를 받을지어다."(「갈」 1：6~7)

복음은 들으면 좋지만 안 들어도 괜찮은 그런 것이 아니다. 들으면 살고 안 들으면 죽는 것이 복음이다. 믿음이란 생사가 걸려

있는 문제이다. 그래서 그만큼 좋고 소중한 것이기에 가짜가 많다. 사람을 속여 본질에서 비본질로 눈을 돌리게 만드는 것이 본업인 사탄이 가짜를 자꾸 만들어내기 때문이다.

그러면 우리는 어떻게 복음의 진위를 가려낼 것인가? 열매를 보아 나무를 안다고 했다. 가짜 복음은 교회에 분쟁을 가져온다. 명분이 무엇이든, 이유가 어디에 있든, 교회의 분열을 조장하는 것은 복음이 아니다.

"거치게 한다"는 말은 남을 죄짓게 한다는 뜻이다. 스스로 죄를 짓지 않고서 남을 죄짓게 할 수는 없는 일이다. '복음을 위해'라는 깃발을 높이 들고서 분열을 일으키고 범죄를 자행하는 무리가 있(었)다. 그것이 현실이(었)다. 복음을 믿고 그 가르침대로 살아간다는 것은 모든 분열을 넘어 하나됨(일치)으로 나아간다는 말이다.

이렇게 가짜 복음으로 교회를 어지럽히며 분열을 책동하는 무리에 대하여, 바울은 두 가지를 권면한다. 우선 그들을 잘 살피라는 것이다. 무엇이든지 슬쩍 보고 지나치면 잘 볼 수 없다. 제대로 보려면 자세히 살펴야 한다. 겉모습만 보아서는 실체를 알 수가 없다. 이렇게 잘 살펴보아서 가짜임이 밝혀지면 남은 일은 그들을 떠나는 것이다.

그렇다면 분열을 조장하는 자들을 떠나는 것은 분열이 이루어지도록 내버려두는 것이요, 따라서 결국 분열에 일조(一助)를 하는 것 아닌가? 그렇다. 그래도, 그런 결과가 온다 하더라도, 가짜 복음으로 분열을 일으키고 범죄를 부추기는 자들에게 동조하지 말라는 얘기다. 세상에 악이 존재하는 것 자체를 인간이 어떻게 할 수는 없는 일이다. 다만, 누구든지 그것에 협조하지 않을 수는 있고, 바울은 지금 할 수 없는 일을 헛되이 시도하지 말고 할 수 있는 일을 하라고 권면하고 있는 것이다.

"악의 뿌리를 뽑겠다"는 말은 사람이 할 수 있는 말이 아니다. 그래도 그런 말을 하는 사람은 허풍을 떨고 있거나 자기가 무슨 말을 하고 있는지 모르고 있는 것이다. 사람이 악에 대하여 할 수 있는 말은 "악에 협조하지 않겠다"는 한마디가 있을 뿐이다. 어떻게든지 교회에 가짜 복음이 돌아다니지 못하게 하라고 말하지 않고 다만 거기에 동조하지 말라고 하는 이유가 여기에 있는 것이다.

이 같은 자들은 우리 주 그리스도를 섬기지 아니하고 다만 자기의 배만 섬기나니 공교하고 아첨하는 말로 순진한 자들의 마음을 미혹하느니라 16：18

자기의 배를 섬긴다는 말은 보수주의 유대교인들이 까다로운 음식 규정으로 신앙의 잣대를 삼는 것을 빈정대어 표현한 것 같다.(「빌」 3：19)

모든 유혹이 달콤한 법이다. 쓰라린 고통을 약속하는 유혹은 없다. 교묘히 꾸미고 아첨하는 말은 군자의 말이 아니다. 그래서 옛 어른들은 듣기 좋은 말을 하는 자는 나의 적이요 듣기 싫은 말을 하는 자는 나의 선생이라고 했다. 귀에 대고 달콤한 말을 소근

대는 자를 경계하면 큰 허물을 면할 수 있다.

너희 순종함이 모든 사람에게 들리는지라 그러므로 내가 너희를 인하여 기뻐하노니 너희가 선한 데 지혜롭고 악한 데 미련하기를 원하노라 16: 19

교회는 마땅히 그리스도의 복음에 순종해야 한다. 그리스도의 복음에 순종하지 않는 것은 교회가 아니기 때문이다. 그리스도의 복음에 순종한다는 말은 그리스도의 복음 아닌 그 무엇에도 순종하지 않는다는 말이다.

선한 데 지혜로운 자는 악한 데 미련할 수밖에 없다. 노자는 세상 사람 모두 똑똑한데 나 홀로 어수룩하였다고 말했다. 그가 세속에 어두웠던 것은 도(道)에 밝았기 때문이다.

평강의 하나님께서 속히 사탄을 너희 발 아래서 상하게 하시리라 우리 주 예수의 은혜가 너희에게 있을지어다 16: 20

많은 그리스도인이 사탄의 발 아래 상처를 입고 있는 현실에서 바울은 그 반대 현상을 내다보고 있다. 이런 눈을 예언자의 눈이라고 한다. 예수께서, 이제 주린 자와 이제 우는 자의 복을 말씀하신(「눅」 6: 21) 것과 통한다. 눈 밝은 사람은 본다. 화(禍)에 복(福)이 스며 있고 복에 화가 숨어 있음을.

문제는 지금 어떤 형편과 처지에 있느냐가 아니다. 오직 주 예수의 은혜가 있기를 바랄 뿐이다. 필요한 것은 언제 어디서나 '하나' 만으로 넉넉하기 때문이다.

나의 동역자 디모데와 나의 친척 누기오와 야손과 소시바더가 너희에게 문안하느니라 이 편지를 대서하는 나 더디오도 주 안에서 너희에게 문안하노라 나와 온 교회 식주인 가이오도 너희에게 문안하고 이 성의 재무 에라스도와 형제 구아도도 너희에게 문안하느니라 16: 21~23

"온 교회 식주인 가이오"는 온 교회 식주인(食主人) 가이오다. 가이오가 자기 집에 바울과 그의 동료를 유숙시켰던 모양이다.

나의 복음과 예수 그리스도를 전파함은 영세 전부터 감춰었다가 이제는 나타내신 바 되었으며 영원하신 하나님의 명을 좇아 선지자들의 글로 말미암아 모든 민족으로 믿어 순종케 하시려고 알게 하신 바 그 비밀의 계시를 좇아 된 것이니 이 복음으로 너희를 능히 견고케 하실 지혜로우신 하나님께 예수 그리스도로 말미암아 영광이 세세 무궁토록 있을지어다 아멘 16: 25~27

예수 그리스도의 출현은 영세(永世) 전부터 감춰었다가 이제 나타내신 바 천상(天上) 비밀의 계시(啓示)였다. 그 비밀은 일찍이 선지자들을 통하여 모든 민족에게 알려진 바 있었는데 지금 바울은 그 비밀(예수 그리스도의 복음)을 세상에 전하고 있는 것이다. 사도의 모든 말과 행위란, 먼저 본 자가 아직 보지 못한 자에게 자기가 본 것을 가리키는 '손가락'에 지나지 않는다.

모든 일이 하나님께서 뜻하시고 하나님께서 이루시는 하나님의 일이다. 오직 그분께 영광을 돌릴 따름이다. 아멘!